edition suhrkamp 2269

Siegen, 9. 3. 2003

Wo viele Wörter sind, ist viel Stille. Als wäre das Gedicht, die »Welt in der Welt«, eingefriedet und umschrieben von einer Mauer beständig ineinsfallender Gegensätze. Und die können sich immer und überall ereignen: In den »Arealen Arealen« von Berlins Mitte, im ehemaligen Lager für Deutsche Kriegsgefangene *Camp Marfa* in Texas, oder schon in der »Lexik des Exils«, in den Bunker-Ruinen eines mutmaßlichen (1941 frühzeitig enttarnten) »Nazi-Strongholds« unter überwucherten Hanggärten des *Rustic Canyon* in Pacific Palisades, Los Angeles. Der Ort bleibt im Gedicht, mitgedacht, während die Zeit in der Erzählung vergeht. Auch die Alpen, wo noch Residuen voreuropäischer Substratsprachen wurzeln, bergen *Nichts, das ist.*

Der aus Lana in Südtirol stammende, in Wien lebende Oswald Egger (geb. 1963) ist ein Wörtersammler am Ursprungsort der Poesie. Er hört dem Klang der Dinge nach, spürt ihre archäologischen Zusammenhänge auf, verwebt sie zu einem Myzel, einem Moiré der Rede, zu einem poetischen Universum, dessen einzelnen Teile in einem Ganzen aufgehen und sogartig einen Hallraum erzeugen, der die Grenzen der Sprache ausschreitet und über sie hinaus will. Präzision und Phantasie treffen sich (»in *Präzession* einer wortlaut kreiselnden Rede, um sich selbst gedreht«), im Vers.

»Herde der Rede« (1999) war sein erstes im Suhrkamp Verlag erschienene Buch, das gleich mehrfach mit Preisen gewürdigt wurde: Oswald Egger erhielt den Clemens-Brentano-Preis, den Mondseer-Lyrik-Preis und den Wiener Georg-Saiko-Preis.

Oswald Egger
Nichts, das ist
Gedichte

Suhrkamp

edition suhrkamp 2269
Originalausgabe 2001

Erstausgabe

Satz, Konzept: Oswald Egger
Druck: Nomos Verlagsgesellschaft Baden-Baden
Umschlag, gestaltet nach einem Konzept
von Willy Fleckhaus: Rolf Staudt
Printed in Germany

1 2 3 4 5 6 – 05 04 03 02 01

INHALT

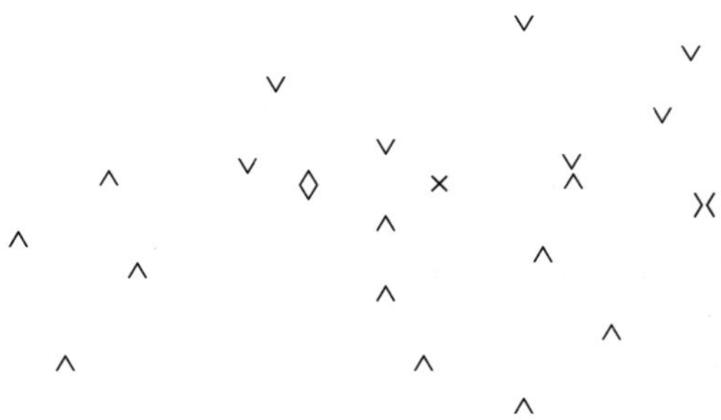

... diese-die nicht ungeringen (und diskreten), quasi ungeteilten FORMEN DES AMORPHEN, besonnen kleine Erzähl-Elemente einer noch und noch ungeteilten Aufmerksamkeit, ohne Formel – korollar –, die Mannigfaltigkeit der Gesichtspunkte EINS UND EINS zu zweien, und so, selber uneins geworden, in zwei und zwei (unpaare) Gesichtspunkte *di*vidiert »*zu sein*« – Eins und Uneins sind-ist Alles: WORT-FÜR-WORT habe zwei Enden im Gebände, das Bild*ende* und das Hör*ende* (etwa: Laut und Licht): dasjenige, wovon wir absehen, diese Abblätterungen von der wirklichen Welt (die zu Schwärmen bildernden Pünktchen), halbe-halber zu Herden getrieben der Rede und von der Netzhaut gleichsaum eingefangen, eingeweidet, eingefacht, Gedichte, die gegenwarten, noch im Dunkeln der Prägnanz zu halten oder – hinters Licht zu führen – ihre *focussiert* unorientiert rotierende

(AKTIONSART) (ABSTRAKTION)

... *cogo*, »ich denke«, von: *coago*, »ich treibe«, aber ohne zu übertriften, die Herde zusammen (der Rede) und *focussiere* ihr Moiré im Aug-Rund (»eins zu eins«). Versionen gleich und gleich *Inversionen* einer Wirklichkeit zum Besten aller *möglichen*, Weltbilder, diese einfachen, nur

was ist – ein Gedicht?

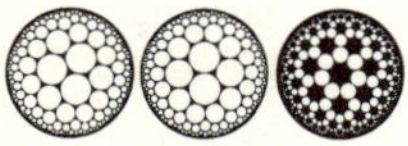

Ein Kreis, dessen Zentrum überall ist und dessen Umfang nirgendwo ... erscheint? Vielleicht *zwei* Kreise, deren Mittelpunkt jeweils auf dem Umfang des andern liegt? Ich brauche dazu einen Faden (eine konstante Distanz), an dessen Enden je ein Stück Kreide befestigt ist. Dann lasse ich zuerst die eine Kreide um die andere kreisen und endlich die zweite um die erste. (Ich nehme die Schnur stracks in die linke Hand und rundumschreibe rechtsgängig einen Kreis, weile, dann nehme ich sie in die andere und zeichne eilends einen epitaktisch zweiten). – Kohle, Kreide, beide, Wandmale, Rötel im Terrain, *tableau* zu Verzeichnissen.

1 Manchmal rufe ich sie nicht auf, bewende mich
noch hin, und gehege etwas, sagbar fast, Licht-
siebender Stille versiegt, und ich zähle
die ästigen vor meinem Nist-Fenster, Unblumen.

Mein Gedicht ist mein Halbmesser, denke ich, und sage: mein Gedicht ist mein Halbmesser: Es schneidet mir Erde und Rede einufrig entzwei, Wort für Wort, bricht (bricht ab) … *eins* zu *eins* – *eins* zu *sein*, *Reiz* und *Zier*, *Grazie* und *Zeiger*, *Dreh* … *Rede* – Erde – Äther (*être* – *terre*), aber … ist diese-die einhellende Division des Ereigneten erst ein Gedicht? Und ist diese stille Gesellschaft (und ist das beständigere Auseinanderdividieren der Gegenwarten) schon-noch ein Gedicht? Und ist … ist das Gedicht … uneins? invertiert? … irrwisch?

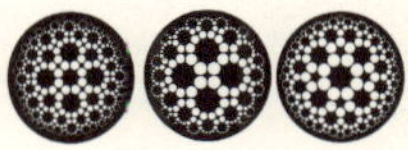

Widerspricht es den Gedichten, nicht zu sein?

2 Ich beuge überhaupt den Kopf, stülpe Garn-
salm meinen Mund vor und bebe, trinke Liesch-
wasser-einen Tropf-solchen, Molten-ich und hebe
ihn vorvorsichtig ab

3 vom Tramb-Raum ungezweiger Weiden. Das
wahrte einer von der Tausend-bald springblütigen
Quellmillion, alle miteinander werdern
Unwald prachten,

Selbst gegenwärtig wüßte ich noch immer nicht, ob die Welt, wie sie uns erscheint, als mehrfach zusammenhängender Raum, wie sie sich mir ereignet, ungeheuer *obscur*, aber in spektraler Klarheit, ob diese ›Welt in der Welt‹ nicht bloß eine grenzenlos erklärt-verklärte Vorspiegelung von Tatsachen verfahrensweise darstellt.

Darstellt?

(Ich sehe mich schon nicht sprechen.)

Die Erde ist nicht die Rede, und nicht die Rede davon ist ihre Sphäre – ist ihrethalber aber quasi eine Pseudosphäre VON BEGEBENHEIT UMMANTELNDER BEWANDTNISSE. Und nur indem … und während ich von ihr rede, verliert … die Erde an Gewicht? – *Irreduzibel*, ich will versuchen, die platte Erde (und die Palette ihrer Färbungen in Rede) eher hin zu defragmentieren als … unbeschreiblich, unaussprechend in tausend Bilder parzelliert zu sehen (»ich wiederhole:«) Palisade, Rede, Palisieren der Spaliere …

4 Brut-Butten überschimmern im Duftreif
von Nachtfrostrosen (»Lohde-Wolken«), Graubfäden
und Weißklebernetzen vom Flor-vorhangenden
Decor (stiebender Blüten).

5 Jedes Wort für Wort scheint ein völlig Riesel-
lichtes Mal »zu sein«, überblau opale,
Unstillen troffen-noch, Avenien, und Gaub-
Wasser mohrten Areale (Floreale von Email)

Von Vorstufen der Verschmelzung von Figurenreihen, die vor dem ruhenden Auge vorüberziehen, wie

(ich weiß nicht)

Augenblicksgötter im Wiesenlicht

(vielleicht) das Jahr macht die Ernte, nicht der Acker, diese- die Ereig*nisse*, die Finster*nisse*? der völlige Ungewahrsam, die PRÄGNANZ DES DUNKLEN.

Was etwas ist (die Dunkelziffer der Ereignisse) hinters Licht führen (*annullieren*) – aber im Erscheinen sein Enthalten *sein* – in Worten, im Handumdrehen: der von MAL ZU MAL geteilteren Aufmerksamkeit, *vvarba.*

Man wird ›Man in der Mandel‹, in der Kapsel Korpuskulares Korollar, sich selber gleichsaum eingefädelt jetzt und – *sein Blick ist im Vorübergehn*, KASSIBER INS DIESSEITS winziger Unerhabenheiten.

6 Und Schwad-Halm Striemen überwiegend Irlhut-
Wiesen zu aggregiert schieren Stoff-Formen
(ohne Fenster) und spalieren Tapeten-
Aventüren und Fries-Blüten.

Nur manchmal entgeht man einer Welt, in der das Wahre das Gemachte war. Und stanzt und schlüpft in eine zweite Wirklichkeit der ersten – in den Gewahrsam des Gewahren – Moiré der meridianen Reden, allenthalb, abermalend, *wie wenn* die Hälften ihres Lebens verschieden sind. Es heißt: die ganze Erde müsse gleich und gleichsam in der Rede wiederkehren (LAUT UND LICHT).

Und laut und licht beständig das Gewahre in den Gewahrsam überführen, was das meint, ›In der Kreide des Kreises stehen‹, ›Die Gefangenschaft des Gedichts in seiner Gegenwart‹, ›Der Wiederholung die Verdoppelung der Wirklichkeit‹, ›Die Erinnerung der Blätter an den Baum‹ »*zu sein*«

(und die Erde ist ein Mond der Rede).

Houston, wir haben ein Problem. Es berührt die Nichtgegenständlichkeit des Gedichts. Leibniz, Riemann, Apéry, antworten Sie.

Für F.M.

7 Manchmal stehe ich auf, bevor es hell wird.
Ich taste durchs Innenzimmer-die Fluhwände
entlang zum Lichtschalter, und bewege ihn
wie Zeichenhand und

Wie sieht unsere Zeit – aus? und wonach? blickt sie und ereignet sich. – Innenwendig keimt sie schon, treibt und weiß sich wintern, sommern, wintern … übereignet, *apern*, blühtwiesen und versäumt mit (ums Offene) einem Hof. Doch frißt die Zustandslosigkeit der Unfrist unbeherrschte Anteiligkeiten splitterwütig und tätlich an die Einwand tappelblind in Etappen der ungetanen, Dinglichkeiten, die, vom Ungeraumen umfaßt, ins Tagwerk überstürzen, weil es, ungrund, nein, die Welt nicht geben kann, rede ich mir ein, wenn sie am schönsten ist, und

(Zeit ist Welt)

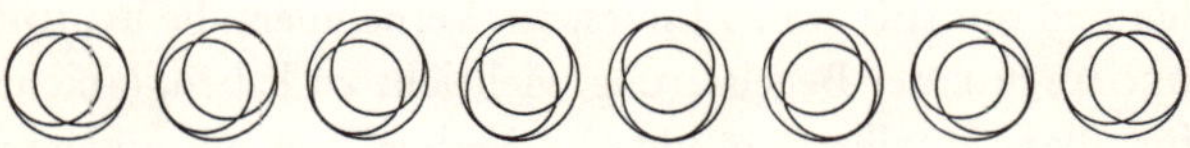

Es widerspricht den Gedichten, nicht zu sein.
Es widerspricht den Gedichten, nicht zu sein.

8 Kreiden, aufs Relief ins gleiche Nut-glan Schaft-
tafeln aufgemalt, so erlosch die Troff-Nacht
nach Irrwisch-Striemen-den Wünschen, die
Schlafnacht-wache Hand aufs Halb

9 verstrahlender Plaggt-Male, so hagelweiß Graupeln,
Grau-Schlooßen zu Rinnseln, Nassauen quillten
und Rost-Totwasser Wannen-überfracht wie Glommt-
Kännel klitterten, ob, als

Vielleicht, als ich die diskrete Stetigkeit verfahrensweise WORT FÜR WORT annahm, glaubte ich an (so etwas wie) das Uneins-Sein des Denkens (»Ich und Gedicht«). Ich war meines Wissens, freilich, und völlig, aber jetzt schon außer mir, *zu sein* und nicht *zu* sein und das übrige, ja, erübrigend, irgendwie. Manchmal ... *touchierte* ich diese-die Kette der Unwesen, die mich treibten in die, Gegenwarte, diese eingeschlossen, Gefangenschaft des Gedichts im Gegenwarten, in Versen wie diese inständigere Akzeleration des Achilles, vom Abgrund, *nämlich* (aber nicht sträflich), wie fort. Ich war erschlossen, nur manchmal, *instantan*, als ob im Dunkel der *Präfiguration* von Prägefiguren, Nüsse und Würfel, irreführend so ... zu fast freundlich, schwärmerisch betroffen und oft, trift am ... Limes, am Vernehmen, die RIGIDE GEOMETRIE der Begeisterung, vielleicht zu haben, (»nicht für alles«) auxiliare, infinite ... Verben, um mit anderen Worten, das ungeheure sagbar *zu* zu arretieren jetzt und (Nacht-wach, in Sprache) ins *spectrum* gluten die

(Glosen)

10 gedachte Ganglinien legten anland Triftschaft-Zügegüter
mit Ladespanten Stopfpfosten vor Halbmast-
Flaggen hingte Janhagel-überschlags im Bühnen-
Ununwetter Schnurseils

11 Prasselbeer-Büsche Untrauben auf auf die Lachen
der Prairie inerter Ragblüte jetzt, ahmten, Nest-Netze,
und Strichel-Ritzen in Gliss-Siglien der Korollare
auf den Blättern, Kronbäumen

Die Auguren Maßnahmen und die abständigen, Kontemplationen des Komplementären, beeindruckt von der *idee fixe*, Grammatiken nach ihren Ganglinien aufzuspüren und Augenblicksgöttern, Aktionsarten unter dem Aspekt ihrer Wurzeln zu ziehen ... die Transhumanz, das Okulieren, das Ereignen, das Ganze selbst an der Stange haltend, Fast-Gedanken, die gehege lassen, was ihre Eigenart deckt, in Rede zu stehen, zu nah nach dem Prediger, doch näher gingen mir die Herde vor und ich den Wörtern nach, *Ich und Gedicht*, das sind soviele Füße, Hände, Grüße, die sich ausgehen, einmitteln und verlierten aber, nichts ist sprechbarer, und schwärmt, und spricht ... *als was ich, wenn ich denke, sehe, daß ich tu.* Blau vom Himmel: Fenster: Glas: ein Wasserspiegel überwiegend müssen andere Bilder geben, als ein tiefer Schacht des Ich, Geode, Höhlen, Welt-in-Welt-umarmende Hyperbeln als ein und ein Punkt, und die-die Ereignisse trennten, ohne einzuluchten: Nicht die Erde ist eine Sphäre, sondern das Auge ist Visier, in Sichteln, die ins Freie führen, fußen.

»Ich hatte aufgehört, Gedichte zu schreiben, ich las fast nichts mehr.«

12 Sprießeln überwiegen Jalousie-die, Seimhaut Einfall-
fäden Granen Einkörner (ohne Erntefest, zu sein),
so überlaufs Feldstärken der Licht-Bächel-die
überhin fließend sintern sind im Donner-Strähnen

Fries der Frikative.

Eine meiner ersten Aktionsarten *in praxi* Abstraktion war die Übertragung der ersten Mondlandung, von welcher ich allerdings nur verschwommene Nachbilder dessen, ... was sich tatsächlich ereignet haben wird, beides, wahrnehmen und behalten konnte. So glaube ich gesehen zu haben, daß Neil Armstrong zunächst, auf einer Leiter, Stufe um Stufe, von unten rechts (oder links?), mit den Füßen nach oben,

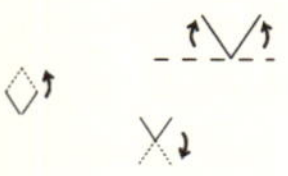

schräg ins Bild stieg, um auf dem Mondboden, der, auf den Kopf gestellt, von oben her – wie abgehängt – im Bild zu sehen war, aufzutreten. Ich erinnere weiters aus der Luft gegriffene Bruchstücke von versuchten, aber bestimmten Erklärungen, die mir die Sätze des (mir fremdsprachigen) Kommentator zu übersetzen schienen, ungefähr so: daß es sich bei den zu sehenden Bildern um die Übertragung einer Außenkamera handle, die auf den Kopf gestellt fixiert sei, und erst nachdem der Astronaut das Stativ einer weiteren und unabhängigen Kamera in die Mondoberfläche stecken würde, könne auf jene, fortan mit aufrichtigem Bild, also um 180° gedreht, von Houston aus umgeschaltet werden.

13 »Quisquilien«, keine Stille schwingt innenwendig
im Bildersaal. Reihum fällen Tropfen Harzlohd
aus Trief-Rissen-den Bäumen, hundert und ein
Zeitgleich dem andern

So jedenfalls hatte ich die Geschehnisse im folgenden auch wahrgenommen und, wichtiger, in lebendiger Erinnerung behalten. Vielleicht später auch jenes Paradox der psychologischen Optik, daß das menschliche Auge eigentlich die Welt und ihre Bilder ebenso verdreht – nicht verkehrt – wahrnehmen würde, daß diese dann, nach einer bestimmten Phase der Eingewöhnung, »vom Gehirn« selbsttätig umgedreht würden und sozusagen richtiggestellt.
Mir ist diese Erinnerung bildhaft und anverwandelt interessant geblieben, manchmal habe ich die Begebenheit exprompt in stegreife Bemerkungen entwendet, freien Fußes in Rede gestellt, bis ich – 30 Jahre Mondlandung – eine Replik hierzu im Fernsehen sah, aber, fortan völlig … überrascht, feststellen mußte, daß die unbeirrt erinnerte »Drehung« im Lauf der Jahre wie verschwunden oder aufgehoben war, so wie sich etwas oft im Dreh verlaufs der Rede gleich und gleichsaum auch verändert und wie von selbst – überwindet.

Die Erde
ist ein Stern
der Rede,
die sie dreht.

Überwindet?

14 Schwahl-girrte, verhallend oft schroff-Tau, salen, als
senge ungrund Webe hier, Rußkorallen
aus Ledergras, Aufgleit-Häufen, Fließ-Reussen
unter Taubpunkten

15 Wiesenmitten Schluchten, vorn-unterschillste
Hut-Kopptel apern unmahd vom Schaft-Land, vom Ruth-
Buchen Sirrt-Liquiden, einfachend nach
Umschlicht-Minuten.

Was war jetzt verdreht? Meine Erinnerung oder die Überlieferung, oder drehten sich beide, beides, Erinnerung und Ereignis, um die doppelte Exzentrik kindlicher Weltbilder, ein Kreisen, dessen Mittelpunkt überallhin hüpft, und dessen Umfang uneinfänglich aufbleibt, Gewahrsam ... und Sprunghaft? Sah ich, was wirklich geschehen war oder nur, wie es sich zufällig zugetragen habe, das Ereignis oder die bloße Begebenheit?

Ich rede, untertreibe noch die Dinge der Natur und denke: Die Natur der Dinge (und bin sie).

*Un*blumen nenne ich, der Rede Her und Hin, und zähle, überspiegelt (in rhythmischer Inversion) Un*blu*men.

Erstreckt sich das Wissen des Gedichts, sofern es sich-in-sich ereignet, auf Unendliches?

Erstreckt sich-in-sich das Wissen des Gedichts, sofern es sich ereignet, auf Ununendliches?

16 Zu Tagen takelasche, immerhin vergeblich übergiebelt
jage ich, habe, Schlag-aufs-Wasser, Fall-Stab-
schale Trift, und Stubben, Ploder-Fälle pflocks
im Schrittschatten

17 hinter dem rund Hundertschaft. Ich-ich ofte,
-fache, klaffte unversehens Streifse-das
Flucht-Gut Ländgehölz. Fünffuß triften
Spriesseln-das Spalier.

Zumindest, ... was ich zu nennen weiß, kommt *nicht wie gerufen*, es kommt *nicht* zu Stand und Wesen, wie es sich in seinem Namen zutrug (Nam-Haft). Häufig ist nicht alles – nicht, was sich in Gedichten zusammensetzt, wörtlich zu verstehen (Verstehen ist nicht wörtlich). Das nächste Wort schon weiß nichts, das ist, vom vorigen, und das dritte versteht infolge nicht des ersten Sinn. – Es kommt, gewissermaßen, einmal um den Verstand herum, wie wenn das Unwesen der Dinge (der Rede Dreh) gleichsam *Dreh der Rede* übertreibt *und* überwindet. – Überwindet, um also Wort für Wort *zu* (zu überzeichnen) vielleicht, im Optionsschein der Ereignisse (undsoweiter). Eine völlig reziproke Folge von Versuchsreihen, Rede der Realität zu *unterbrechen*, (das heißt:) es genügt mir, wenn ich denke, daß ich spreche.

Was ich denke,
wenn ich sehe,
daß ich spreche.

Nicht *eins zu eins*, aber *eins zu sein* – im unständigen Uneins-Sein diskreter ... Versuche, die stetig *ataktierte* Händigkeit der Wörter zu verstehen).

18 Und kann nicht rascher (nicht überraschen), bin
Schauern Sechs Zapin schon unterwegs, kaum laut-
bar durch diese-die Farne Asche geschlafft,
Ufermauern Bruchgrund

19 Und die wiegenden Buchen, die-die Leiten
(»quincunx«) überbrückten – von Gierfähren Trogtor-
Schleppen Treidelgleis-die Waal-Schiebwehren
Zwehlen, Flut-Buhnen

*Un*blumen hat ja *vier* Zeiten, zu zweien zwei, Un*blu*men hat schon *fünf* Zeiten, Metriken, so untrabant als epitaktisch, maßvoll auf der Erde, und das Unmaßende in der Rede: Wie sich-in-sich die Eins verhält zum Einmaleins. – (Die strikt lokalen Aktionsarten des Gedichts suggeriere- auch seine Jetztzeitigkeit, und die vermeintlichen *Daktylen* – *Un*blumen – so wie das Wort verwendend erscheint, konvertieren, kann sein, *was* etwas ist: *»Still-Schweigend«* (im Antibacchius) betonte, Un*blu*men einer eher ... Takt-losen Metrik, und wie sich Ton um Ton entzwischen in den Nu ereignen, aus einer erst gegenhändigen Abstraktion. Der *Daktylus* ∧∨∨ verwendet sich zum *Anapäst* ∨∨∧ und der *Kretikus* ∧∨∧ zum *Amphibrachys* ∨∧∨ – wenn ich Hand in Hand abnehme, was das Gedicht vernimmt, epitaktisch, und worin es fußt und führt, moduliere den Daktylus zum *Palimbacchius* ∧∧∨ (und das Gedicht diskreditiert sich in die Maschen des Distrikts, kontinuierlich) –

(zu sein) (Nichts, das ist).

20 und Nistblüte Tosbecken Spelter-die, Kies-
Siebe der Aufschüttgüter-der Querlseen und
Siel-Wirtel und Bachblüten maßlichter Untiefe,
wenn falls der Gießen, Greben kommt

21 ich lege mich Flintz-naß auf die Erde, un-
behüte überschieben sich-von-sich vokabel tobende
– Dunkelheiten, halbversetzt von Rauch-Rufen
der Stribben verhellt

Es heißt: ich-ich gewinne hierin eine Zeit, eine geraume, unfrist überdauerte, sagen wir: Muse statt *looser*.

Und: Weilen, die im Schwinden der Eile sinnierend sind sintern, Geoden, das Gedicht, Gedichte, die nicht eins sind.

Im *Reim* – sein Ein *und* Alles sein? der sich *mir*, Aug-in-Auge spiegelt, *quodlibet,* es liegt Reim auf allen Dingen, denn Reim und Reif sind eins – Priamel, Wort-gefroren, reziprok – *zu* eins.

Odessy, Houston, hören Sie mich?
Odessy, Houston, hören Sie mich?

Wie … zuviel Zeit entsteht zwischen den unzielen Fristen, ein nächstes Wort für Wort (beeilt) zu *tunen* (peilen). Der Orbit des Worts ist nicht die Parabel, das Palaver, sondern liegt im *Loxodrom* des Arealen, dem Hangar, im gehegen Flüstern des Gesprächs.

22 Flugzeuge jetzt vollzähliger Unmengen, ein Halbstapel
werdere spürsaum, überschüssig, Böschungs-
halde Lehmkletten, Färbergarben mit gedritten,
silbt-grauen Läufen

23 ein Blattbett anzutasten, Laubblau-dessen
Farn-Schlafmoose Handwärme hielte noch am
ebenvöllig abgetrollten, Unstern der
»Quilismen« (im Flüster-Gras) –

Zur Sache (schreibt mir Peter Nidetzky, Kommentator der Ereignisse im ORF): *Ihre Erinnerung trügt. Neil Armstrong stieg (am Bildschirm) auch in jener berühmt gewordenen Morgenminute von oben nach unten über die Abstiegsleiter zum Mondboden hinunter. Das heißt nicht ganz, da die an der Außenhaut des Mondlandebootes Eagle angebrachte SW-Kamera etwas schief montiert war. Am heimatlichen Bildschirm war es dann de facto etwa halblinks oben nach unten rechts. Die Bildqualität war äußerst schlecht und es bedurfte schon gewisser Phantasie, um sich den Vorgang plastisch vorzustellen.*

Was tun? die Erinnerung trügt, aber vielleicht täuscht sie – auch? Und vielleicht ist die Vertauschung, die sie ausübt, nicht so kommutativ, wie sie sich *ereignet*. Es ginge vielleicht nicht so sehr darum, den Richtungen im Denken Bewegung zu geben und der Bewegung eine Richtung, sondern auch darum, in welchem Blickwinkel ich sie (in der Tat *konform*) schneide.

24 Ich rufe-ich, fasse die stille Gesellschaft
der Neumen grannen, flugs das Kundetun
entzwischen Gitter-Sparren Tragästen span
in Bagatellen der Strichregen

Mondlandeboot. Das stimmt ... und stimmt mich um? Worte können Operatoren, haben, sein, was weiß ich: aus Distanz vermißt man das Unermeßliche gern. Ich weiß nur, daß ich nicht weiß, in welchem Winkel ich gestanden haben mag, also kein *Evakuieren* sah ich, *horribile dictu*, sondern einen unbunt schräg einlandenden Spinnenvogel namens Adler ... *To Observe the Obverse,* und ich stehe mit mit meiner Nenn*endung* nominativ im Unwissen.

Navis, nicht *Avis.* Nicht *vis*, nicht *sive*, und nicht *vis-à-vis*, *Navis*, ein Anland-Boot, ein Ausgebot an Erringbarkeit und Tatschaft, nicht kopfüber, sondern im Schritt-schiefen Einfall, im CLINAMEN der Menschheit und (doppelter *cursus obliquus*) ganz in Clamenz des Menschen. Jahreskreisgänge, die im Gesichtskreis werdern und die Selbstumdrehung der Erde im *Köper* der Betrachtung wieder und wiederholen (*du ziehst wohin du siehst* und *siehst, wohin du ziehst*): wie ein weit entferntes Echo die Wiederholung durch Beschränkung der Wiederholung auskostend, aber immer weniger Gegenwarten ziehend (nach Betracht).

volat avis
sine meta
...
(*versus erat*)

25 Grieselfront. Haarrauch evaporierte Namen und
Avena, Vorkorn-Wanne Überbolde siebende livide
Flachwasser-Leitern-die, entern Ungelände schwer so
Tau von Tausend Wieltroß-Wiemen, Mond-Dolden,

26 Dolden-die Umbellen, Kombd-Plumen mit
Unbeeren Fruchtkosen-das, Irrlicht-Risse
Innen der Iris überhängend in
Nacht-schwaden Augen

Wörter tun ihr Tun schon, indem sie ... zu Malen sind, aufs Mal in Begriffen *infinit*, ereignisreich oft, und einige uneinige ... Begebenheiten. Auf dem Tableau zeichnen sie ihr implizites Wissen wie Beziehungslinien, die Zug um Zug geläufiger – demarkiert – erscheinen. Mit *gedîhten,* Häufigen des Often, verhält es sich nicht anders, Erkennen und Empfinden im einhellenden Vermögen, die Disparatheit des Aparten teilhabend und spaltbreit in einer endlich schlüssigen, ineinsgefügen Bezugsfertigkeit laufend zu *focussieren*. Sprungkräftig führte eine Mannigfaltigkeit von Gesichtspunkten in die DISKRETE STETIGKEIT des Unterfangens, das Denken WORT FÜR WORT zu denken. Nicht-Standardsprachen ereignen sich *»lightnings«* in dieser lichtflüchtig gestreuten Landschaft – gehege – und konformieren, überschneiden sich zu allenthalben – unter demselben Blickwinkel. Was aber treibt die Herde ihrer Bezugnahmen immer wieder und wiederholt aus divergierenden Gefilden zusammen (Göpelzäune der pferchen, Hut der Herde) und vertraut sie? mit Verfahrensweisen des Schalmen, buntum poetischen Tuns, weidlich.

27 halber Höhlen vom Horizont, wie Unwind
Licht-Kentern-diese Tellereis-Blätter ungran-Kappen
auf dem Seeschnee der Schwellt-nesseln Einhelligkeit,
und Fahrnd-riemen Schlichte,

28 Stummrufe? (»Mirabilien«) Glosen-schon
sooft, Dunkelwasser-Linien der Lauf-Spiegel
überwelt und Glutkegel in den kernlos-hohlen
Schilf-Winter der Prägnanz.

Mithin befähigt, zwischen den impliziten Vorgängen des Gedichts, ganz unverspielt, und ohne auf Spur und Stein zu fußen, die ungemähten Wiesen aufzuspüren der Poesie, mehr als Jäger denn als Sammler. Denn die Poesie ist der Prosa nicht ... gehege wieder, auch nicht mit Findlings-Wracken demarkiert oder Spielbrettfährten, aber man wird das eine nicht ohne das andere denken, wie Charles Olson schreibt, »von gleicher Art wie das Reale selbst«. Dort jetzt nehme ich ein ums andere Wort in beiderlei Handlungen von Hand und lese – *Areale Areale* – weiter.

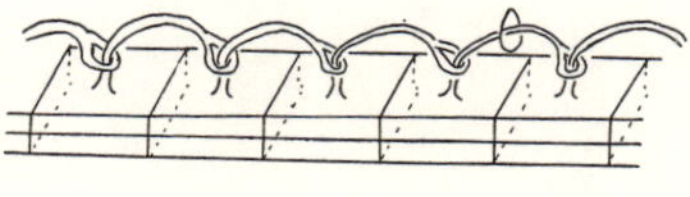

Areale Areale

Berlin, Mitte, Milieu

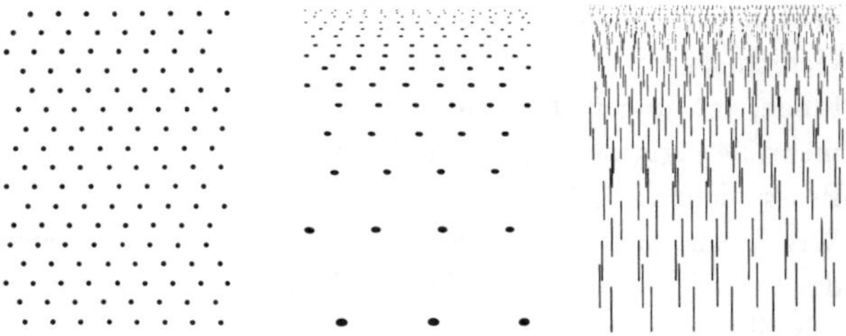

Für E. und R.H.

29 Zur Schaustelle, angelaufen, hin bis zum
Bewehrungsbau der Wißgier bin ich, Planteur
und platze (walz vor Plan), Blattsasse Bagger
zu zählen Schüttgut.

Welche Welt! (»jetzt«) erscheint in allem, was der Schall *ist*. In den Ohren der Stille? die lecks in sich eingewandelten, teils stetig reziprok verstuften Eintöne – hebten – nach und allenthalben Schallfolgen in spaliert (»jetzt«) ein immer mehr offenes Intervall (gelenzt).

Wo der Ton ihres *Tons* unvernommen fehlt, das unumschließende Dauern unüberhörter Fristen im ... Frikativ, notierte Rauschlaute, das Unbetonte, klackt-Schall-Löcher, Lärmfenster, die – aus Schulp-Kehler Klimmt-Wiege den schaukelnden Zusammenklang des halb Lärm, halb *Stäte* unenthört in sich anhaltenden Grundtons – vernehmen, was man *unter* dem Ton der Rede (*daß ich dich sehe*) verstehen könne, dem die Rede davon fehlt?

Unter dem Raumeindruck hinter Schallkluften, Unmaße als Partitur von Durchlässigkeitsbereichen Verhältnisnahmen und Luftspalten Schlitzsticheln *zu* zu brechen, in Klangfülle applizierter (instruktiv rigider) Metriken: Wie nun?, wie nimmt sich die Welt in den Ohren der Stille aus?

30 Schurf-Ramme Loren Kipp-auf gestellt um Hub-
gruben und Teerkessel Unterzug, Drempel-
der Blechmulden Spur-Getriebe und Rippen-
Falzgrat Souterrain.

31 Ein Schwalm von Krähnen ~streichte Reißt-schien-
über die Geräuschkulisse, Schaaren vom Fonds der
Führungseisen Scharten, und Flaggt-Raum
ein Garben, Schal-Dach.

Laut- und Licht sintern nicht lückenhaft Halb Ton, Halb Leitern zum Lärm, den Stille kennt, wenn einmal eins alles ist, betont, auch unlaut (ohne Ton und Grund) von Einwandfalzen Luchten-diese tauchen als quer-Umschnitt von der anderweiten, Seit-an-Seite, Schall und Rauschen? auf. Artesische Unbrunnen atavistischer Wortfolgen, timbrierte Frikative, die umbetonten, Raubt-laut, und Grundeln, in sich Fugen im Ineinsgang rigider *Disopposition*: Unwucht ventilieren die Halljahrsposaunen zingeln und die Schaufellaute der Lüfterflügel Trittlärm-Hämmer im Glucksen pausierender Oszillation.

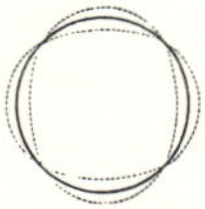

Manchmal stimmt es mich leichter, etwas zu vernehmen, wenn ich darauf höre (und dieses Nennen im Verklingen brechend reziproker Göpelklänge scheitelte), was es – *prima vista* – nicht ist. Alles, was nicht Schall ist, ist (bildlich) sein Komplement. Deshalb (anschaulich) ist alles, was nicht (einhellig) Alles ist: *Nichts*, das (ersichtlich) *ist*. Nichts, was *colla parte* den Kanon teilt, und Wort für Wort – kanonisch – einschnitts in die Mitte führt und folgt.

32 Grau-wieren sirrt das Köper-Seil worfel-Schnut
vom Sengen, luvte Brutherd, Kimmung-die Glut-
wege der Lachen, schwanken Birken-die,
Kolk-lot leuchte Fluht.

33 Mischfahrzeuge Schrag-Etage Kies-Schrappen
Pfetten (Rofen, Sprieße, Traufe) Kehlbeton
so Anschluß-eisern Büge, Wechselbalken
das Hängte-Sprengwerk.

Was jetzt nicht Unlaut oder taub ist, Rauschen, Schwalme Flaggt-Grane *ptyx*-Gischten Klirrnen infiltrierten. – Aber für den Tonfall ist Sturzstufen der ataktierte Saum zum *Sound* genau sooft ein Schwall wie alles, was ein Ohr hat, ganz Ohr ist, und über beide Ohren Kornform krasse brecht-Risse Kopptel in Kiesnüstern Riffteln-die, Schluckschutzwälder-woraufte n, wogegen Wände wogend sind, redeten (und haben Ohren), die lauschen Kraftangriffe Verfügungen der mittschnitts Porösen, Ganglinien von Lärm, den Stumme kentern, überhäuften, und Augen des Diskreten, Stille in wie Schallmaserungen Raumwerks schneidten, Frieskogel, Zwischengrenzflächen, was bricht? und bleibt? wenn diese Rollsiegel der Sieblinien in einer Weise nicht mehr als zu hören sind – nicht, weil sich dort kein Mucks tut, sondern weil der Lärm um Nichts (»das ist«), selbst nicht mehr dorthin reicht, wo die Schallquellen aufpralls himmelten ≍)(vor zu vor.

34 Wo Bäumte-die Tau-rot streifsen Kuder-Reihen
Stock-log ragen über Böschungs-schraffe
Beete *carré*, rauten-die Rabatten im
Holzlohd Stubben und.

35 Bauluke Schrags-Löcher zu Bagger-Gagen
Anlagen Fließbeton-Senken, Schenkungs-und
Sterbetafeln und, diese hier, werdende
Wertschöpfung gebäude

Nicht Ton und Betonung verklingen (in sich), sondern Nichtton und Unbetonungen akkordieren umeinander und verlauten.

Jedes Wort (für Wort) ist? ein BEWEGER, UNBEWEGT, und zielt aufs nächste ... Wort?, das es ... verabsäumt, ... aber nicht erklärt. Um ein Wort verhüllte sich gleichsaum Vermeintes, nur um es zu fermentieren vielleicht, aber, was Sprache ist, zeigt sich ja in unausgetilgt lichtflüchtigen Unundingen, und die Quelle weiß mit jedem Wort aufzuschöpfen, daß alles fließt und fußt zugleich im Fluß der Dauer, im Unhimmel der Brunnen und in (AKTIONSART ihrer ABSTRAKTION) welche, gleich einem bulgen, Archipel von Sprachatollen – Inselsinnen – Deut-an-Deut entfalten und-und umfahren

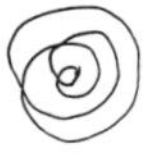

(was ich unter dem Ton einer Rede verstehen könne).

36 die wegerechte Auf-Aufzinsung von
Gewerbegebieten einstweiliger Gleitklausel,
stillste Rücklagen, Richtwert-Ermittlung
Freilegungskosten.

37 Pfosten und Staffage Staffelung erklärter
Ziele, Strebeschrägen, Gleich-Stutzen, Erb-
anlagen und Depots, die Vorholz Steuern strotzen,
Mehrwert Rendite gestreut.

Und mit dem Stillwerden ums Betonte (Betonen statt Vertonen) wuchs auch das klangarm umklammerte Tucker-Schrubben Schelpptern-fast Schalleinlässend klinkern ins Glissando (»*concrete, clement*«) und *wirrbrrdt* jetzt krude-Blumen der Schwebdebögen – ein leerer Schall? Ununtöne ja, die ich nicht sein kann, Hast-Vorklänge, die nicht vernehmend würden, und die überbetonten (Silben der Stille), horchten Quelltwellen den Lärm um Nichts, das ist.

(Ist es nicht?)

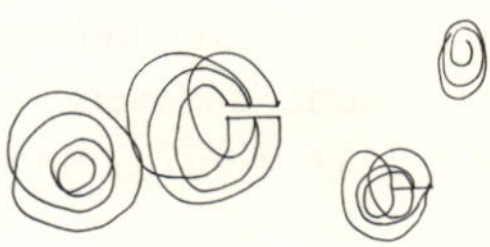

38 Mit Windrispen Sandfanglagen-das lose
Hebewerk der Grundwassergruben Boden-
schätze, die Tiefrtruhe und Wellpappe-die
der Vorschubrohre.

39 Sich enteignen, (sehr) die Werterhöhung der
Gebindesparren, und Geschosse klacken
Leitern, Sprossen, gleiten-als Aufstockung preis
der Gefälligkeit.

Gewahrsam müsse das Gewahre, was diskrete Stetigkeit aufs Mal – VON MAL ZU MAL – erzeugt, hervorbringen will, gleichsam Fug in Nut auf eine Reihe bringen, Landstriche in Mitten von Minuten, Bogengrade die infolge der fließenden Symmetrie von Kreisen ungefüge, in Gegenwart gefangen sind »zu sein«. Unfug ein Folgenreich umnutet unendliche Sequenzen, die schon divergieren und fortgesetzt liegt eine Unmenge kleiner Aufmerksamkeiten kartographisch vorauf Sicht und plan. Alle Denkfiguren sind aber ersichtlich völlig in die übrigen, fixen und verborgenen Ideen, in diese Variation von Zufällen und Einwänden gleichsaum mitverwoben, versucht, sich der Welt beständig einzuwenden und im KERKER DER KEHRWERTE gebietsumfassender Funktion einander anzuverwandeln, apart außer sich zu fachen und in Präzession der Rede fortzusetzen.

40 Bohrbrunnen-und Nochstück-Ländereien jetzt
Stützgerüste aus Nichteisenmetallen,
das Tränenblech der Dächer, die
Last der Kataster.

41 Kosten, Aufwände, Beihilfen zum Miet-
ausfall-Wagnis überbuchs erzielter Nicht-
Risiken und das Servitut. Zuschüsse
Scharung der Ertragwerte

Will man im Moiré der MEERE VON BEGEBENHEITEN Abschnitte, und auf diesen Grade positionieren: so muß man im Gedicht, fortschreitend vom einen zum anderen, Wort-für-Wort abschneiden (sowohl segmentieren als auch entfernen), währenddessen es, in Mangelhaft an Ereignissen, als monadisierender Einsiedlerpunkt noch im arretierten Kloster oder *monasterium* alle Tage, Jahre, Tage der Halbschatten und Absichten zu Weilen übereilt, und nur hinter dem Sprachgitter der siebelnden Lider, welche Schemen, Bilder und Gestalt einfachen, öffneten und schließten, ... *nur manchmal*, dann geht ein Bild hinein – und *hört auf zu sein – sein Blick ist im Vorübergehn ...* AMORPHE UND FORM (diese drei). – Als ob ein Wort zwei und zwei Enden hat, oszillieren zwischen beiden »jetzt«-akkordierte Zusammenhänge oder Zusammenklänge (und schwingen auf benachbarte Zahlenverhältnisse ein). Der Fadenschein des Verstehens wirkt gleichsam in sich, um sich selbst verschlagen, eingefangen in der Klage überabzählbar seiner Lagen.

42 der Trogwall, Untiefen-riffe vom Flösz Taxen
Quellen Anland auf, auf Talsohlen zutage
Geröllflächen, Senkmulden-das gestade
im Stabraum, Stakende zur Stadt.

43 Dwarren, Markt-gepflogen die Gracht der Pächter
Haft-schade Ersterwerbs-Polizze, Herauf-
zonung Dritter Grundvermögen-die
reinen reinen Baukosten.

Fällt ein Wort, aber ein gewürfeltes geflügelt, auf die sprachweite Ebene gestiefelt, ein Sprachgitter, deren Sieb … das Gedicht in Laut und Licht verwandelt, streift seine Eigenschaften in der Etymologie vom Lied als Luke zum Licht. »*Der platonischen Christen vermischung Nicht und Etwas, Schatten und liechts, so sie durch in einander Stralung zweyer einander entgegen gesetzter Triangel ercläret*«,

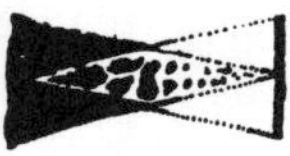

solche Keile hat Leibniz ineinandergetrieben und die Idee seiner Inversionen gewonnen, welche Cusanus – obendrein zur Veranschaulichung des Unaufgehobenseins der Gegensätze (vom Einen zum Anderen hin) – bewegte, seine paradigmatische Figur maßgeblich zu zeichnen. In der »Luke zum Licht« begegnen und durchdringen einander die hellste und dunkelste Seite der Schar und Strahlen. Vom Licht aus gesehen, ist diese Öse das schwärzeste Schwarz, vom Hohlraum aus gesehen das grellste Licht. In der Fehlstelle verbinden und kondensieren einander Licht und Schatten, und der Ausblick werde gleichsam zum Orbikular einer rundlichten Reise in sich.

44 Hundertkrähne, umraum vom Horizont Sol-
vente, wie Teileigentümer der Passiva
mit Zinsvergünstigung (und Soll), und Rest-
lebensdauern (Brutto für Netto).

45 Leg einen Riedhalm gierspalt zwischen Daumen
Übergriffen, Kauzgefieder-das irrissige
Dumper-rot flusern Wasserglast halb Laut und
Widerschall (halb Licht).

Darin verhaftet identifiziere ich die konforme Annäherung an den Erdkreis, indem Wort-für-Wort winkeltreu dekliniert den doppelten *cursus obliquus* im Auge der Kartographen – behält. Und geraum entstünde, was auch *eräugnet* werden kann, jeder Punkt ist ein Doppelpunkt. Interim verhängte eine loxodrome Liaison, eine Traktrix, Punkt ist Punkt. Im Dreh entsteht jetzt *punctum* zyklide jene eine Sphäre, deren Erdkreis die Pseudosphäre der Rede nicht mehr als kongruiert.

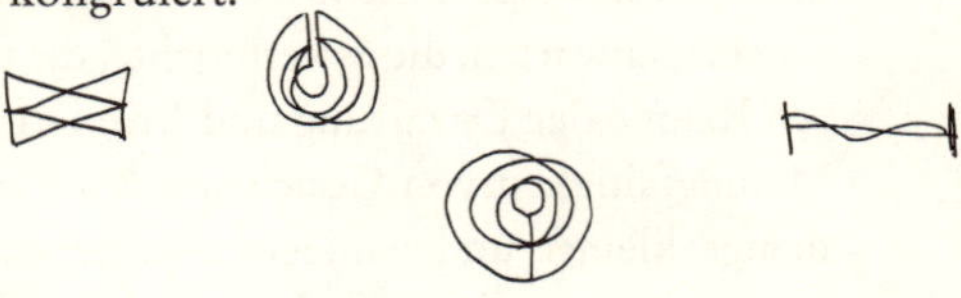

So werde ich gewahr, wie tief im Dunkel diese Erdentage liegen. Ich bewege mich zwischen zwei Spiegelbildern der Rede von der Realität, auf einer stimmhaften Erkenntishöhe, als Zwerg auf Schultern von Riesen, aber diese hier, Allgegenwart des Zirkumstanten, bleibte inskünftige noch – Tapezier- und Tafelwerk – parkett.

46 Mietspiegel, Überwasser, Sperrschwellen-der
Erschließungszustand als Reallast, un-
gemeine Wertverhältnisse schließten auf
– Bauerwartungsland.

47 Wie Lodervögel Nachtschwalm über Triefen
Wühlwegen der *Mirage*-Birke rucksen und
bugtweid Distel-Lilien Kieblitzen Habicht-
aber hier bin ich gern.

Auch ich füge die Licht- und Schattenpyramide ineins und verhefte ihre Ränder zu Farbkarten und bunten Parketten der Netzhaut, und schon sehe ich einen Kreis – im Geräder der Rede – kreiseln. Es sind syntagmatische Figuren, die sich anstelle der paradigmatischen auf die Pseudosphären beugen, überstürzen und – sich in ihr fortsetzen.

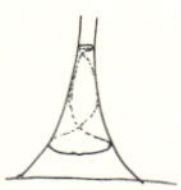

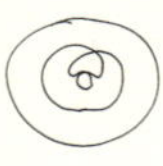

Eine unendliche, winkeltreu (noch einmal: loxodrom) *in sich geschlossene Vorstellung* einer Folge von Gegenwarten, die es vermochte, die ungeheuren Räume der Erwartung und Erinnerung in die Mannigfaltigkeit von Gesichtspunkten einer Unmenge kleiner und winziger Aufmerksamkeiten zu gruppieren, zu aggregieren, auf eine völlige Reihe zu bringen, und die geraume Zeit entzwischen selbst »zu sein« – stückweise stetig, stückweise diskret – und konform im Allenthalben abzubilden. Ich erkenne und empfinde nur im beständigen Horizont meines Gesichtskreises, seinen Gegenwarten gleichsam eins und uneins, eineindeutig eingefacht in wieder (wieder *Homotope*) Zwischenbilder.

48 Und der Talanfang »erzähl«, die Bruchstufen-
und Binnendüne, Rißnische-diese Anlandung
Geräumde, Aufackerung, Erdschlipf, mit
Einmessungsskizzen.

49 Und die wie Schwebe-Fliegen leben auf der Bült-
Trift Sendgras-Laken das rogbret zu Blößen Mulden-
blatt in stracksen Schär-und quergehege Beeten,
Schußfolgen, Schnut-Funken.

Lange habe ich überlegt und nicht gewußt, wie ich AREALE AREALE, diese WELT IN DER WELT, zweiachsen aufgelenkt, beschreiben soll, ohne sie im erklärten Ziel weder zu verklären noch und noch zu erzielen, in der Kreuzkimmung chiastischer Unrauten, diese Grobkornbilder der *corona*, den Doppellauf der Dinge, rastern in die schaublind vormappierte Unwelt einer allenthalb fortsetzbaren Projektion, deren winkeltreue Abbildung sich im Fünffach der Würfelaugen wiederholt und wiederholt, wie wenn ein Aufprall aufenthalt als ob wahrscheinlich scheint, plural, auf Erden, seltener noch im Element zu bleiben, im Äther, wodurch die Erde (die gewohnte), mäandern Kant-

an-Kante, rollt, kollert und umfließt, und siebt im Schlaf – eines Atemzugs – den Nu inmitten von Minuten (»die man Leben nennt«) (verheißt) (das Ereignen der Zeit) und, diese überschreitend, Zeiger über Zeichen, jagen (fliehen), verweilen und beileibe, werden Zeit – ZEIT WERDEN.

50 Ruten Fuhren und Machandel wiegende
Seegesicht als Zochen pfluge Glischte grün-Dünen
Naphtalin das Prasseln, Tauben, Stoppeln und
Fugen *en vogue.*

51 Trollnüsse (im Halbreif) weizen Flankental
Tropfen-doch Betonungen, ich will Tauwind
kragst eine fangen vom Gestern, und Quarren
Arr, Err, Örr (die Krähe). Laich der Akelei.

Und die Gedichte haben, Hände ja, aber keine Handhabe: Wir, im KERKER DER KEHRWERTE einer unganzen, großen Zahl begreifen sie nicht, und sie greifen nicht das Infinite *eins zu eins*, das *infinitum* eins zu sein. Im schwebenden Verfahren, aus einem interimen Raum heraus also beides, weder auftauchen noch jetztzeit erscheinen können zu wollen. So und so erschien Wort für Wort, ich erinnere mich, in zwei Halbhände geteilt, einufrig vielleicht und mit dem Wissen einer unerinnerten Erfahrung, wie verschieden die Hälften des Lebens sind sintern. –

Tableau-tausendblatt spindelten sich nach und nach einzelne Strähnen von Beziehungslinien, die auseinanderlaufen oder sich *verflichten*, klöppeln und sich Dreh der Rede fortsetzen und jetztzeit vorüberziehen, Beziehungslinien, die – vindiziert – im gleichen Blickwinkel geschnitten worden sind: nicht wegtreu (wie man es sich von Gedichten erwarten mochte), sondern sich-in-sich: winkeltreu, konform. (Und alles in allem drehte sich ineins.)

52 Mit Spitzfinger-Nägeln über die Hörrinde
krillt behüte Schurf-Kuppen als verstrickte
Borkschatten, wenn sie Mark-strahlen und, wimpern
Mittschiffs höhlen.

53 Wollknot-Noppe Schaftel waren Male
Ellern-riedern (Weißnicht) zu Fall gewesen,
immer brückte ich über, und klaffte
klamm voran (und kam nicht vor).

Wenn das kein Spiel ist, dann weil es andererseits die Rückseite des ansehnlichen Siebs – demonstriert, und weil dieses ins Unendliche Reihen von Ganzen und Teilen beträchtlich zusammensetzt, die mir unmerkwürdig erscheinen, nur weil ich unfähig bin, ihnen zu folgen, oder weil meinertreu die siebelnden Siebe der Augen nicht genügen. Das Monster ist ein Monasterium – *mons, monster* – die Finte, finster, Monas, deren Zwischenbilder allweilend beides, schlicht und stetig homotop sind, aber nirgendwo differenziert werden können, Fluren, die fluchten: Der ganze Erdkreis ist anschaulich ein Klöppel-Monster, stückweise porös, stückweise opak. In einigen Fällen sehen wir die Netzhaut, gleichsam Vorhänge des *decorum* (»Zahn in Zahn«), in uneinigen einiges wenige vom unzureichenden Grund (»Aug-in-Auge«). Die Monstren ungeheurer Gedächtnissen, blind, da keine Stelle ist, die mir tangiert erscheint; – im Kreis einer Schneide, deren Saum überall, und dessen Unterscheidung nirgendwo differenziert ereignisreicht.

54 Und der Elder rührt, die Linde, Frühtrieb brühl
daß Zweigast rote Troddeln schwenken ungrund
Kraut und Treuffen Lot, Flamant umfrieden und
in Esse halten.

55 Braken, die Himbeeren Splinten, mit ihren Fauch-
Kronen Wundhuhn und Stolzen, Pilzen Kolben,
die Fraßtlarven zwischen Schirmkrallen der Fall-
Fichten (Rufwut) im Windbruch.

Ein hyperreelles Gedicht könnte bestimmte Gedankenvorgänge, für die ein Standardgedicht jedes Wort als Wort benötigt, bereits Bruch-teilend wiederherstellen. Für den Sinn eines solchen Gebildes fehlte es aber bis anhin an einer grundsätzlichen Voraussetzung, nämlich der Möglichkeit, den Dreh der Rede impulsiv einzelner Silben (*manufestinans*) beeinflussen zu können. Hierin vermag das Gedicht den Drehimpuls von Silben in genau eine vorgebliche Richtung zu lenken und die derart polarisierten Enden in ein Halb-Leiter, Halb-Ellipse einzulenken. Diese Polarisation wird nun Worte, »wie Blumen« in einer Monolage aggregieren, die aus Koeffizienten Facettenflächen bestehen und instruktiv in eine und die selbe Richtung zeigen. Ostentativ, digital.

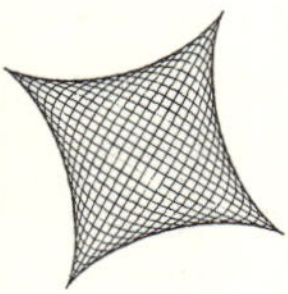

Ist die Händigkeit des Worts so unabdingbar?

56 Schon steigten Überall-Hallen Tragstaben die
Unvolumen Bögen und Trassen Stativ
der Zuzug-Zügel Richtfest alles über-
ragender Rage.

57 Agora der Gelegenheit, Grachten und
Geduld, Wuchshäuser mit Untertunnelungs-
Stollen der Gebäude-die Überwasser
der Massenpunkte.

Es galt die Vermutung, daß ungrund ein Grund zum Gedicht, in Worten selber freien Fußes, diese ... wie Welt in die Welt setzt. Nur: Wo, war Wo? Das Dorf, der Herd, allein Rede davon, das Gerücht, Gedichte haben einen Ort zuvor, von allenthalben her aufs Wort zurückgeführt. Ein ganzes Wortfeld, das zuletzt ein Mal, was Augen sagen, aufs Mal zu leuchten, zu glühen, und *zu* zu sein sein wird (was Sprache – war).

Tropfen in die Stetigkeit des Diskreten.

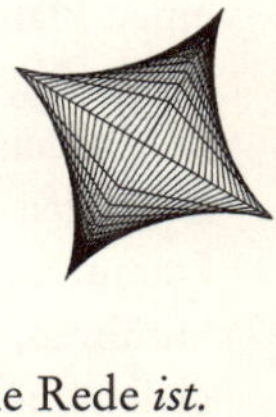

(Augenblicksgötter im Wiesenlicht)

Wovon die Rede *ist.*

Vom Rhythmus sprechen (epitaktisch).

58 Stille-Stadt, Unmund in Gefälle-Stufen
das Aufhorchen und die Bauwesen, mit-
unter Menschen, Ganzglas-Türen, Gipsblüten
der Plattenbauten. überhalb

59 kommt Leben, *kiuwitt* in den Abend Früh-
schwindrissen Sichtbeton überflutender Kies-
wannen Gefüge-Krinseln unter Fremdüberwachung
Zement-Klinker-Chloride.

Ob das Gedicht einen Ort hat oder haben kann, das war in jeder Verantwortung eine zu verfachte Frage, und Kepler schien die Antwort zu träumen, wäre das Gedicht monden (nicht mondän). Gedichte, die sich in sich noch verfestigen, und die Erbauung zur Gewohnheit machen, die sie einräumend gehege nach Reihen entwickeln und infolge zeigen. »Die Art der Einrichtung ist folgende: in der Mitte des zu befestigenden Platzes rammen sie (die Mondbewohner) ... einen Pfahl ein, an diesen Pfahl binden sie Taue, je nach der Geräumigkeit der zukünftigen Festung, lange oder kurze, ... Mit dem so befestigten Tau laufen sie zum Umfang des künftigen Walles hin, den das Ende des Taues bezeichnet. Darauf kommen sie in Masse zusammen, um den Wall aufzuführen, ... Jeder einzelne Wall kehrt in sich zurück, gleichsam einen Kreis bildend, weil er durch den immer gleichen Abstand des Tauendes vom Pfahl beschrieben wird. Durch diese Herstellung kommt es, daß nicht nur der Graben ziemlich tief ausgehoben ist sondern daß ... der ganze Umfang durch Anhäufung des aus dem Graben gehobenen Materials erhöht ist.« ...

60 Jetzt kam trassen die Asphaltbahn furrten, es träufelte
(und es regnete) (und es goß). Roch Wohlverleih
nach Maigram, Ulmen, Kork. Regen, Keltern,
ärger noch.

61 Wie Zustandsreihen Fastvermögen-diese
willens überwinden in Hemmnis-Fesseln
Erschwernissen, unter Lichtraumprofilen
Baupflöcke amphib.

Sieh zu, wird es heißen, sieh zu, oder: siehe, ich rede.

Ich bin das Nicht-Gedicht (sein Komplement).

Nicht Ich und Gedicht entsprechen einander, sondern Nicht-Gedicht und Nicht-Ich verschweigen einander.

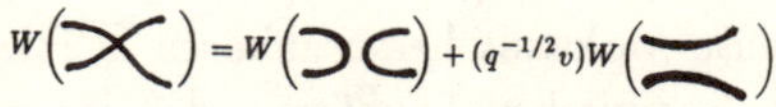

Widerspricht es dem Gedicht, nicht zu sein?
Widerspricht es Gedichten, nicht-ich zu sein?

Widerspricht es dem uneinigen, unständig zu sein auch?
Ich und Gedicht, (*wer sein kann sein, der diene keinem*)?
Das unständige Uneinssein mit Gedichten?

62 Im Wasserarm der Seilschaften Hebezeuge
von Invers-Toren, und die Glasschrägen und
Gauben, das Licht-Blick-nickende Gras, Tauch-
körperfundamente.

63 Aufschutt-raupe Graukran-Laken überragen
den Tiefst-Himmel, die Roll-Horizont-Lasten
Unfunken und Maßnahmen vorgebäude
– und ich sehe nichts

Jambus ∨∧ und Trochäus ∧∨ sind Stampfmaße, ein schwach und ein stark auftretender Fuß; der Spondeus ∧∧ ist wie ein Augenaufschlag, leicht zu erkennen, wo zwei Menschen im Wechseltakt klopfen; Daktylus ∧∨∨ und Anapäst ∨∨∧ kenne ich noch von der Dorfschmiede, wo mein Hephaistos SELBANDERM SCHLAG aufs glosende Eisen zwei kurze Vor- oder Nachschlage am Amboß vorausgehen oder folgen ließ.

∨ ∧ ∨ ∧
∧ ∧ ∨ ∨
∧ ∨ ∧ ∨
∨ ∨ ∧ ∧

Und wenn die Zwischenschläge nur mitgedacht zählten, war sogar ein Spondeus ∧∧ beziehungsweise Molossus herauszuhören ... Hier kann ich auch, zwischen Bauhütten, daß ich noch weiter gehen will, die drei Päonischen Füße wie auf jeder Dreschtenne oder aus Gassenwerkstätten vernehmen »im Vorübergehn«, und wo immer drei Steintreiber mit Handrammen untaktiert auf das Pflaster schlagen. Je nach Einbildungskraft, Hub- und Fallhöhe der Palisierramme klingt bald der Creticus ∨∧∨, bald der Bacchius ∨∧∧ , bald der Antibacchius ∨∨∧ im Ohr. Betont unbetont, sooft das Wörtliche errötet und von *esse* glüht, jetzt strotzt der Herd von Rede, die sich wie ein Feuer ausbreitet.

64 vom Glattbeton, helle Hinterlandmauern
und Signalanlagen am Metallgitter-
Zaun-facht verzinkt~festiger Überzeuge
(drei und vier Meter).

65 Beobachtungsbunker, Hundelaufanlagen,
Breit-Sandstreife Unspuren, geharkte Dienst-
marken das Kornwort Flinten, Panzersperre
Insassen vermint.

Anfangs werdere die Rede sich, wie ein Gerücht, exponentiell verbreiten, bis quasi jeder davon Kenntnis hat. Im Gerede wird der Wissenszuwachs geringer, und immer mehr erkennen: »das habe ich schon gehört«. Ein Herd der Rede grenzt sich ab von seiner Umgebung, indem er sich-in-sich erstickt, nicht im Keim, nicht *in nuce*, sondern als Lauffeuer, das durch die Binsen geht und, gestade von sich aus uferte und – unfern erglutet.

$$x\,(1-x)$$

Es ist mit Gedichten wie Nichts, das ist, mit den Schatten: sie fliehen den, der ihnen folgt, und folgen dem, der sie flieht?

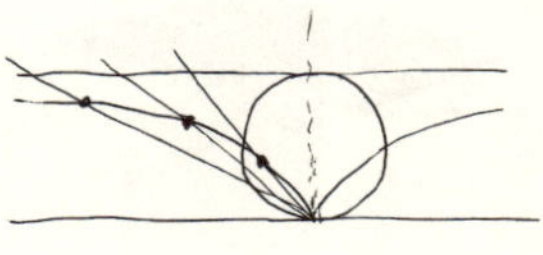

66 Das Terrain ist gelände jetzt, worinnen
Terminalien glosen, und Totwasser gossen wir
und Honig-Hohn in die Hubgruben, Wein
in Überwuchshäufen.

67 Metallmatten mit Stahlstacheln übersät-elektrische wie
Eggen Loch-Draht und Hochmaschen Lunten-Docht-
mit optischem Stellgerät und Nachtsicht
Lärm-armem Alarm

Alles ist Zahl. Das *harmonische* Dreieck, welches Leibniz fand, um das arithmetische von Pascal zu vervollständigen, das harmonische Mittel, welches die Summe der Kehrwerte bewahrt; und die harmonische Unterteilung, die harmonische Oszillation, und das, was man als die Obertöne einer periodischen Bewegung entdecken wird – selbst das ungeheure *spectrum* – alle, alle gründen in Kehrwerten oder reziproken Zahlen: Modul-FORMEN DES AMORPHEN als Ösen ins Monströse (aber ohne Introspektion). In solchen Analogien verspiegelt, ist das Gesetz der Reziprozität von Rhythmus und Harmonie erstmals augenfällig, sowie die Würfel – im Gebände der *casus obliqui* – gefallen sind in ewige Gelegenheit.

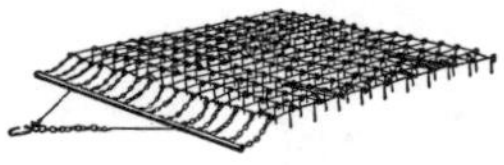

68 Und Reden-und, Gehen, Stunden. Flach-Stake
Sticheln und Gesichtsnetze zu-zu Hauet-
Hauchen im Fluchfeld der Volatilität
von Flochten Winden

69 In die Kammern des Untuns, Stimm-geraume
Glandern, ein Vorgang unlaut der Erinnerung
umspielt die Tannge, Undanke Schale Licht-
pfützen unverhüllter Hülsen.

Überführe den Gesichtskreis in den Erzählkreis durch die Öse einer Inversion: im Dreh, der hervorspindelt, daß die Erde aktual nur in Rede ~steht, daß ihre Wörter sich allesamt auf die siebenden Sachen ihrer WELT IN DER WELT beziehen. Die fensterlose Kavität ist eine Halbaugenhöhle dieser Überwindung, deren Stanze oder Zustandekommen, zimmerhin, geöffnet sei *à jour und* keine Jalousie ereiferte, im Fokus zu verkehren, sich-in-sich zu werdern – »Licht«. – *Es gleitet durch einen Spalt in die Mitte der Finsternis.* Soll ich annehmen, daß es aus dem Land*schaft* im Hintergrund kommt, dem Böschungsschraffen blickt-Winkel einer unwinzigen Öse, Leibniz, oder einem Kellerfenster vermittels Spiegeln, wobei hell-lichte Dunkelheit gleichsam in einer Hohlraumstrahlung *gegenwärtig* – Ruß und Weiß – erscheinte. Die schwarze Kavität ist nur diese Inversion von Wirklichkeit, die wir ersichtlich einsehen können, ihre Undunkelkammern das Lichte im geraumen *Nichtohne* der Evidenz, in völliger Klarheit, was das ist? heller als der Tag. –

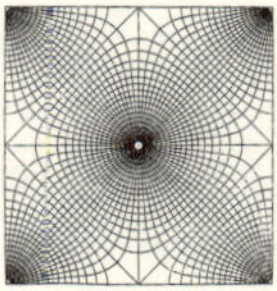

70 Vom Relief der Kiefer schält Fassade sich
ein Zirm-Riss von Licht, Fangweben, ich streiche
Buschwind Grüße vom Unufer und Rufe
Aufwandbecken Ladwand und Schutt

71 mit Halmen, Garben, Amelber Rußglutkirschen
Mirabilien, Korkorre Stimmen lohd-Farben der
Markrispelstauden Nadelwiemen Fastflachs
Stapeln und *Vollard*. In Flammen

Ereignisse, die eintreten zwischen Immer und Nie, entzwischen einer Seite und der anderen, sei es, daß ein Sieb – siebender Minuten – diskret dazwischenschnitt – in die intermittierende Mitte. Pausen, wahr wird das Gewahre im Vorfall, Augenblick, aber ein Nu allein existiert nicht, da er von Zäsuren einer *inerten* Unruhe halbe-halber nicht isoliert zu sein scheinte: »zu sein« eine reine Andersheit.

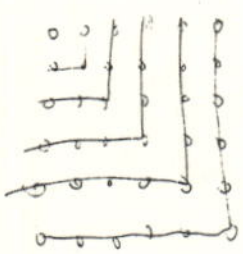

»Alles aus Nichts erschaffne Reale, wie z.B. die Zahlen und die abstrakten Ausdrücke – hat eine wunderbare Verwandtschaft mit Dingen einer andern Welt – mit unendlichen Reihen sonderbarer Combinationen und Verhältnissen – gleichsam mit einer mathem[atischen] und abstracten Welt an sich – mit einer poetischen mathem[atischen] und abstracten Welt.« – Wie dicht hält ein Gedicht?

Novalien im Neubruch vom Brouillon.

72 Amaryll, Lichtröte-die Kapp-Nebelkrähen Regen-
web-Krone feiner Reiß-Glut und Krimp-Wind
in Novemberblatt und Fleck-Lederblumen
Weißbahnen der Einwand

73 übermanteln die Bewandtnisse, in hellscharen Kalander-
Leuchtfrüchten Ästen, über die Stimmlippen
hinziehen Unmund-Blumen jetzt Aminth-Licht
ohnedies Gelände.

Nachtweit Leere, Dunkelheit: tosend regloser Auggrund und – was dem völligen Nachtgebilde Leben, Haltung und aufhauchende Koloratur gibt, auf ihm ruht und webt der schneidende Mahr. *Schweidgang, Schnatgang; Geschwader, Schwaden.* Eine Reihe abgemähten Grases oder Getreides, Leerraum, soweit beim Mähen die Sense gereicht hat. Durch-Schnitt gezogene Spurnut. *Swethe:* Grenze, ags. *swaðu*, *swaþ*, *track*, *tracé*; durch Unwald gehauener Durchgang, Grenzlinie, und das von der Sense abgeschnittene, in einer langen Bahn liegende Heugras; Schwaden der Mahd – wo *granitza* die Grenzen zweier Äcker oder Felder aufeinanderstoßen, die schnelle Mark. Schar, Haufe, Landschaft, Bezirk. Vokabel sind die Marksteine *in altri termini*, das hervorragende Areal, das areale Aktionsarten darzustellen imstande ist. Sie werden geschichtlich oft ereignisreichend versetzt und – mit anderen Worten – in fremdes Terrain verrückt, werden erzählend oft *motiviert*, gestohlen und – aus der Welt geschafft – substantiviert. Und sie zerstören die Landschaft nicht, und nicht das Gedicht.

74 Watt-Haffs Vogelwarten umsaum der Grub-
nuthen Landschaft und Riedflüsse
sind diese sickern Stichgräser Um-
baugebiete Augenblicke,

75 Schalungs-schraff vorauf Sonnwänden
der Betonplatten Trennwandel-Hallen,
Devisen, Leerwege Festungsnetze
Händel und Depots.

Das Gedicht, von Platon aus seiner Replik vertrieben, aus der Polis, über deren Weichbild hinaus verbannt, in die weiterreichende, einräumende Umgebung der … Wälder, Wiesen und Felder, polar, und sucht das Weite – sich-in-sich, mit einem Ursprung ins Offene, die ein-einufrige Peripherie aller überlagerten und Sediment-Schichten und Ebenen. Und die Sprache schweigt sich nicht aus über ihren Ursprung in der Aktionsart »Hand und Wort«, in Mutmaßungen und Konjekturen, und habe ihren Ort, wirklich, im Wort. Die Herde der Rede *sind* und *ist* ein Dorf, als pluraler Ortschaft (von plötzlichen Augenblicksgöttern), daß Wörter den Beweggrund einer *weitstrahlsinnigen Urkunde* teilten, und eine Vielzahl von Kosekanten Elementen der umbezirkten Sinne, die sie aus Katakaustiken focussierte in stetiger Filiation, Parallele, Trajektorien, also Flut-Furten spuren durchs Uferlos der weißgefrorenen, Rogeis-treibenden Flüsse

(der werdernden Rede).

76 Daß die Stubben im Boden sitzen, wo sie
wieder ausschlagen, immer neue, Känneln
und Trockenbau-Trassen, Tragwerkbögen und
Kuppeln, Graukrähne

77 einer Vornacht, dem Schrägschnitt der Fassade-
klaffen Kraftangriffe, Luftbilder-die Fließ-
linien Stabseile unhand ausmittiger
Risse im Asphalt.

Reden ist übersetzen (»aus dem Verwegenen in das Unentwegte«), aus dem Gegenwärtigen ins Gegenwarten, Umstände in Zustände, Mehrsprachigkeit in die Einsprachigkeit des Gedichts, das heißt: Wort für Wort – Wissen in Namen – Zustände in Wörter, die vorsprachlich oder nur in der Privation des Idiotikons Gültigkeit haben, – und interessant vielleicht für mehrere sein können. Hamann wußte es im voraus: »Diese Art der Übersetzung (verstehe Reden) kommt mehr, als irgend eine andere, mit der verkehrten Seite von Tapeten überein« (und zeigt das Diskrete, nicht die Fertigkeit), »oder mit einer Sonnenfinsternis, die in einem Gefäße voll Wassers in Augenschein genommen wird«. Vielleicht stirbt (mithin in jedem Gedicht) nicht eine ganze, aber eine völlige Sprache doch, wie wenn WORT FÜR WORT die Welt stets (unstetig?) seitenverkehrt mit den Beschränkungen einer anhaftenden Bedeutung versehen würde, und jetzt, noch ehe man sichs versieht, in der stillen Gesellschaft der Gedichte – aufwacht vielleicht, wo sich-in-sich allesamt – von Rede glosend, unverdreht – versagt zeigt (nicht zeitigt).

Palisade
Briefings

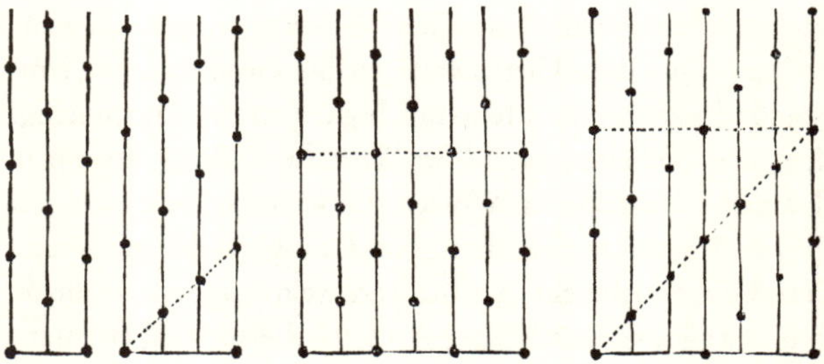

78 … zwei zu fünf schätze ich die Abstände
zwischen den Zeilen, drei zu fünf die Abstände
einer Reihe und zwei zu drei die Maße
der Stelen selbst.

In einem Wald völliger Besonnenheit, der mich mit Gegenwarten umgibt, finde ich mich nur dadurch zurecht, und werde über den Chor des Chiarobscuren der auf mich zudringenden Eindrücke empfindlich, der Rede Herr, daß ich Laut und Licht voneinander trenne, daß ich ihnen Umriß, Maß und Gestalt gebe, mithin Mannigfaltigkeiten *einfache*, und das Gewahre mit dem Gepräge des Gewahrsams, als ob dieser eine Stanze »zu sein« währte, lebhaft und unversehens ~zeichne (wie weit ich in einem Wald sehen kann). Vielleicht sprechen Gedichte eine ihrem Wissen fast verwandte Sprache, so wie Gedichte auf eine der Erkenntnis quasi anverwandten Sprache hören. In wurzelflektierenden Ligatur-Zusammenhängen, diesen artesischen Unbrunnen des weilenden Untuns, eher noch selbstisolierende Sprachbauten, die mehr aus Mauresken hochziehen als vermehrte Einwände zu errichten. Wörter, wie Digressionen, die viel leichter in Luft wurzeln und durch ein intermittierendes (nichtimitierendes) Gitter in konkrete Wortbildrhythmen überführt *sind.* Freilich ist *diese Art zu Reden, sprich Übersetzen*, dem Äther einer Sternensprache näher als der Erde.

79 Es ist Nacht, Glosen, Gluten, die ich auglos weiß, und
ungrund-Weite, die, von sickernen Gedanken spielt,
vom Wachsein in Sprache, es ist spät (sehr spät), mein
Herz schlägt mich – schlägt mich in sich – zu Scheitern.

80 Wie die Bilder stürmen jetzt, jage-ich, klittere und
hasche, klöne Wort für Wort vom Schot-Boden klaffter
Unruhe ohne Kuhle, Wehen, die Branntweide-der Heck-
Schlaf im Bunker (die Raquetten) Äste im Rißholz.

Extrinsisch betrachtet erinnere ich die Frage, wie weit ich in einem Wald sehen kann? ich wiederhole, Ich im Gedicht? bevor ich mich vergesse, vor Unbesonnenheiten verlaufen. Denn in Wirklichkeit halten die Dinge eine Eigenneigung, die sie außer sich dekliniert nicht haben. – *Intrinsisch* bleibt die Sicht begrenzt und von umstehenden Bäumen ununterbrochen, in anderen ist diese Sicht in sich lichter und allenthalb weiterreichend; in allen Richtungen ereignet sie sich freilich rundum limitiert von einem verschiebendem Hintergrund: ein gleichmäßig umgebender Dichtwuchs von Palisaden. Die sichtbaren Koniferen, rund hundert vielleicht, überblättern einander und interferieren *spaliert* vor dem beständigen, irrwischen Ungrund der *coulissen*. So weit ich sehen kann, gibt es eine unscheinbar verschwimmende Linie, die mir den Gesichtskreis angibt, worin ich zähle, während ich gewahr bin, und außer dem Horizont meiner Ereignisse ist nichts ersichtlich. Ich denke, »jetzt« werdere ich, spreche, und die Grenzen WORT FÜR WORT sind die Grenzen meiner jeden WELT IN DER WELT.

81 Gründweiß im Flachwasser-Bassin, zu Unteilen
ein Kanal, Pergulaknoten des Konkreten, Hof-
offen, zum Böschungsgefälle hin, Fließbeton
und Unformen, Anlandebrücken als Stegtisch,

82 mit Lauerbeinen, zum Vorsprung bereite,
Mantisse Grachtgassen zwischen Bauten, Hangar-
Halden, mit einem Hang zum Horizont, Ein-
mauern, die zingeln ihre Mitte ungeraum umfingen,

Grenzen, die gebietsbestimmend sind, rangieren, Unfugen, die Außerhalb ins dieshalb Innere verkehren und dort noch umsaum *einwenden*, zur Mitte hin (ins Hof-Offene). Die Inversion des Öffentlichen ist nicht Unhut der Privation, Liegenschaft zu eignen, vielleicht eher, ein Anwesen selbstwendig in Grund und Ungründe aufzuteilen, selbst Boden zu verlieren, Maß um Maß im Schritt »um eine Mitte«, aber dieses Unfeld einzulaiben, die Pferch gefilde wie gehöft als Versammlung von Marktflecken *granitza*, in Rede zu zerstreuen (Zeit werden) (und das Vertreiben der Zeit), Palisade, Wälder, Kladden, ohne Holz, allein, um nicht das letzte Wort für Wort zu haben, sondern WORT FÜR WORT *zu sein*. Stamm zeigt sich weit entfernt von Stamm, nach der Mitte und der Mitte nach schieben sich die Reihen harmonisch ineinander, werden ein Sichtgitter aus Vertikal-Schatten. Aber das Auge vertieft sich ganz hinten auf eine lückenlose Säulenwand, die sich auf GLEICH UND GLEICH tiefer schob, je mehr ich eindringe in den Wald. Als sei allenthalb alles in Allem – unumschrieben (Nichts, das ist).

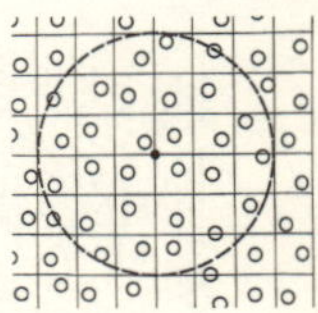

83 aber nicht in sich verklammern, ungebäude, aufs
Außen, reimen, Kastrahmen außer Haus, und
Inbrunnen ein Tiegel-schacht Heimgarten-der
Kubus als als Quelltext incubierter, Schlaf-

falt an der Schläfe (la Mansana).

Und der Wald werdere im Moiré meiner BEGEBENHEIT UMMANTELNDEN BEWANDTNISSE vom Welt-gewandt. Das Interieur der Rede ist einseitig geworden, die Wechselhaft gemalter Himmel, welche die Mauern einzieren statt ausschauen, Faltadern des Marmors, könnte sein, die Stanze habe Mobiliar und Gegenstände nur als *trompe-l'oeil*. Der Schatten eines Raums, wohin das Licht nur durch den Doppelspalt des Augenblicks – wie hinter Gardinen – eindringt, und die Einwände angemessen überstreift: *decorum*, durch ein Sprachgitter zum Garten hin (*Jardin des Plantes* Panther) und von dort bis über das Dort hinaus in das dickichte Licht.

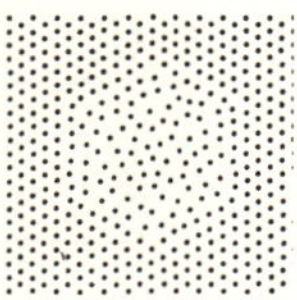

Wie kommt es, nun, zur Vorstellung von (Erzähl)Kreisen? Über die Selbstumdrehung der Erde: gemenge eine Zahl von Merkmalen verdoppelt überlappt und gegeneinander gedreht bilde den Anschein, eine Reihe von Herden *focussiere* zu Augen, und ich sehe mich selbst, freien Fußes, stundumrundet, stehen in einem Kreis.

84 Geh zum Brunnenhaus, (hole Oleander) – Staketen
Palisade-wie, Kalme und Schall (Aug um Auge)
pfropfen aus dem Halbhang treibten Keimsalmblätter
den Ozean der Stilleben, Gärten, Überschatten,

85 Wildnespeln Halmgwinden und Stech-Hecke
Sukkulenten (»*ptyx*«) diese Mitte, unfuge Wort
für Wort, weil man die Welt (»habs ausprobiert«)
um die Welt nicht kämmen kann (ohne sie zu scheiteln)

Wird eine Rede im Dreh ihrer Wiederholung überlagert, so werden einzelne, kreisförmige Herde in der Rede sichtbar. Bäume säumten gegenständig den pferchen Umraum des Ungeheuren, und die Zirkel dieser Einschließung bleibten distrikt – und konvergieren in fortgesetzten Kreisen, selbst wenn ich mich noch weiter in den Wald verlaufe: Triff du eine Unterscheidung (und es entsteht ein Universum), aber *entscheide* dich nicht. – Ich und Gedicht zählen, aber nur, was sie *nicht* zu nennen *nicht* imstande sind, der klaffe Landschaft wird zur Ausflucht beider Eigenschaften (über das Dort hinaus), durch die MAUER INEINSFALLENDER GEGENSÄTZE hindurch. Der *Limes* ist zu einer beständigen stetigen Teilung des Diskreten beides, errechnet und – hintüber – erreicht. Im Grenzfall fallen die Grenzen, es ~schwinden alle, Zeiger und Grazie, Reiz und Zier, eins um eins im Grenzenlosen, Konvergenzkreis der Kongruenten, und ich sehe den Wald *vor lauter Bäumen nicht*, und sehe nur den Wald hinter den Bäumen.

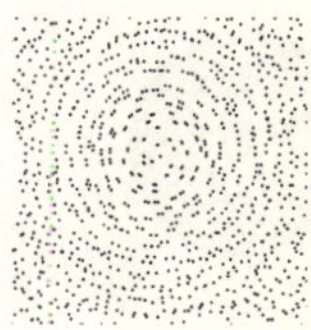

86 Ich habe den Anstieg geschafft, kam auf steig-Striemen
Windungen empor durch den gelöschten Busch,
mit wenigen Pausen. Nun bin ich bei der Karst
über dem Klamm-Holz

87 sehe hinunter auf ihren Schluchtzug, sehe noch
tiefer ins Untal der Temption, entdecke unser
breitseits verdachtes Ranchhaus als rostrotoren
Leuchthof hinter den Unbunt-Punkten

Will nun das Lied im Licht erscheinen, so sollte ich ebenso demarkieren und aussondernd isolieren, was in rhythmischer Inversion, oder wie durch einen Schattenriß hindurch geschehe. Das vollkommene, sich-in-sich gefachte Werk drängt die Fracht-weite Welt in die geraume, einmalend im konformen Abbild so in sich INEINS, gesetzt, daß dieses ungeheure Spektrum – außerhalb des halben unübersichtlich zerstreut und durch Zwecke zerstückelt – als ein zweckfrei an sich bewegtes Spiel ums Spiel erscheinte und überschaut werden kann: Der Mittelpunkt des Umkreises gehege ist alles voller Einsichten, worauf sich meine Absichten beziehen, wie die Radien eines Zirkels auf den Mittelpunkt desselben – *ich kann die Sache nicht fassen* – Die Berührung, wörtern, wird durch elliptische Schnittmengen strichweise verzeichnet, da hierin eine reichweite Fokussierung der Einsichten ohne störende Interferenzerscheinungen, Wässerungen statthat. Ein Lid berührt das Auge: es fühlt ein lichtes Maß spaltbreit, dieses »Land in sich!« zu sehends, – zu sein.

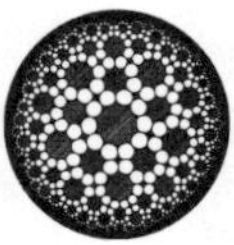

88 das gewinde Silbenband der lichten Weg-
zusammenhänge, sehe in den Westen und begreife
kaum, wie alles miteinander so zu Zeugen
Kleinigkeiten aufbrannte (und schwund).

89 Wolkschatten wandern übersöhlt die Tiefe, blaulicht
wird das Wütgras, *auburn*, und gurrgten. Ich will noch
weiter steigen, jetzt, bis zur Scouthütte
cloudings übertauchen,

Der Schnitt des Blicks geht in die Mitte, beugt sich – vom Eigenlicht der Netzhaut – die Grenze zwischen Lebhaft und Aussicht, wovon beide abstechen. Jedem Licht-Punkt entspricht eine andere Hyperbel und eine andere Reihe von elliptischen Schnitten, in welchem die Konturen Sensationen Augentrost aufs Weißnicht überschattet (»*diaspern*«) sind. Ungeheure Räume des Gedächtnisses, die Aufmerksamkeit, Erwartung und Erinnerung einander anverwandeln, den Gegenwarten gegenwartend. Worum sich-um-sich Wörter drehen und erröten, ihre Einfriedung im Vorübergehn außerhalb umständiger Zäune, was sich im Augenblick nur »manchmal« selbst vollstreckt als Bezirk aber, inständiger, den es um sich und seinen Mittelpunkt gehege zieht, diese eingrenzende und ausgrenzende Jetztzeit, die und ihre Zwänge abschirmende Hegung, im Element der Lemniskate: Tanz, Lied, Gängeln des Gedichts … zu sein. Die einschneidende Abzäunung, dieses Zwingern durch ein und ein Wortfeld, um das die Gedanken kreisen, wie Terminalien glühweiß erscheinten und – erloschen schon.

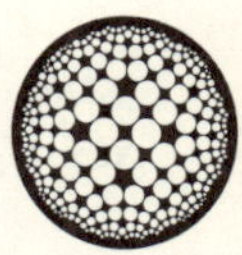

90 Delphin-laube, Aurikeln nicken im Ungeäst. Die
zuletzte Spelt ist Reussten-längst überein geholt;
es geht an Vormaschen Drahtwebrahmen vorbei,
um spinnte Glommnadeln Minium der

91 Lasur-unvermittelten Hochstaken aus den Böschungs-
schelpern, Geröllterrassen Anger-Anlagen. Neu-
grün und inschüssig planiert wächst *tableau*
eine Wiese unteils versiege

Licht-strich gebietszusammenhängende Zeichen, vorauftapezierte Verfliesungen (wie ABBLÄTTERUNGEN VON DER WIRKLICHEN WELT), und alle Anstriche, zwischen hellen Schatten und Absenzen, die in *contouren* Verschubstufen Umsäumen unweiß hervortreten und jetzt sich-von-sich, gleich einem abständigen Wechsel in Tönen *vice versa* überschatten gleichsaum und verfugen, Reibelaute aufaufgekachelt ins frikative Fries, *pencil* und *pensile*

Es ist Alles Nichts.

zusammenhängend, aber dem schwanken Zusammenhang zuggleich seine Richtung gebend, pendelnd, ellbeugend (wie quasi Aufhören mit ausmalendem Verzeichnen) im unhalben Kreis, eher (in der Kreide stehend) als Wollflox (zur Kohle kommend) in (»schwelbfarb scheuchzen Frauchtfäden«) jetztzeit, zusehends, die zu Schwärmen bildernden Pünktchen, die, im geraumen, Wegzusammenhang *als ob*, strikt lokal verdacht, ein Kontinuum areal umfingen und die Zäune, Ränder, Säume der schon arealen Einsicht immer lichtflüchtiger in die Sperrtfelder reziprok zu versetzen suchen (und zu spiegeln) – diese Sucht zu sein.

92 in die Lichtfront, das glasige Grasland. Umstuft
trete ich in Zählschritten das Gelände aus, muß dann
zur Vorsicht weiter, zu den Schönblumen über-
lappte Unsummen von Divisionen Malen,

93 Blatt-Schwaden Fruchtfaserfäden Hutungen. Tag-
lang, heiß rußen die Traß-wändigen Smaragd-
farben Plannten, Riek-Kräusel, Silbrosen,
diese Rind-grün Schalmen Namen (grüßen mich).

Im Grenzfall entschwindet die gerade noch gerade, fehlende Parallele ins Unermeßliche (Parabeln). Knicke um die Kante, Schnitt-für-Schnitt, und Wort-an-Wort verheften, säumeln, oder gemach den litoral entzwischenden Raum verzeitlichen, verankern, lichten. Denn die Lage des bloß vorgestellten, einräumenden Durchschnitts ist beliebig, die Zahl der Wahl. Freien Fußes bemerken und bestimmen die Wörter nicht, wie sie das *couplet* mitbewegen, um ihre Strophe zu folgern. Sie siebeln durch den Schnitt hindurch und erblicken anscheinend eine andere Stelle derselben Schrift. – Beider Wirklichkeiten durch und durch Wiederholung ihrer Verdoppelung in Rede auszukosten, ohne noch auf freiem Fuß zu sein, war ein erster Herd der eingefachten Rede, der gleichsaum LAUT UND LICHT verwandte, da er zugleich den Hör-Nonius nannte und die Lidschläge zählte, und eine mithin immense Kapazität im Reziproken bricht-bracht, und da er, wie Glimmwespe, Ungrillen und Zikadenfalter, hell und schriller als der Tag erscheinte, und – am Ereignis stirbt. – (*Rede, daß ich dich sehe.*)

Bloß Nichts zuviel.

94 Mohn von Dort goldorange-gelben Blütwiesen,
ganze Böschungsbeete abhängende Einfarben und
auf-, aufweckt Lein-wach die Schläfrigkeit
der Schwebgewächse, als hätte

Betrachte ich einen Text, so betrachte ich nicht immer das *canvas*, die Texilität des Textes, worauf die Wörter appliziert erst zu erscheinen vermochten. Dabei ist der Grund zum Gedicht – genauso – anders – wichtig, wie das Sachverhalten der Welt in der Welt selbst. Manchmal fällt es leichter, um die uneigene Haltung einer Rede besser zu verstehen, zu erkennen, in welche Lagen sie voreingenommen, in denen wie sie jetztzeit imstande ist, sich aus ihre Lage heraus in Rede, schon in Schrift zu stellen um so, ganz und völlig und zuende und zustandezukommen: Ich will wissen, was es nicht ist und was: Nichts, das ist (sein Komplement). *Nihilum album,* vielleicht *trompe-l'oeil blanque* oder auch »im Stechbuch stechen« (die Scharen Sterne) (als stichle von überallher ein kleiner Kauz in den blasierten Aufenthalt). Mit Stab oder Finger einsaum fahre ich im Dunkeln, abgewandten Gesicht auf das Blatt (im Flurbuch der Natur) und würde die getroffene Stelle treffend machen, so daß sie licht ins Auge sticht. Jetzt schneide ich *contour* Land, Striche, Schatten und erhalte:

Nicht Reden ist Übersetzen, »Drehen« und Ersetzen ist Reden.

95 schlicht-sich die Krume Erde in den Ozean gelenzt
(zu sein: der Stille), ein Weltraum-Garten von Hartholz-
rauten Wucherblumen in Strandbreite der Tosend-
Felsen mit vor Berst-Farben-kilben

96 Glowen, Leuchtdatteln aus Treibdolden Trauben-
fingern und Farnporen auf Tüpfel-blaulauben Palm-
samen Handblättern der Platanen Alleen feinzerteilt
auch bäumend koronare

Wie – und wonach – sieht nun die Welt in jenem Moment aus, dem dieser Moment fehlt? oder in dem Nu, der aus der Erinnerung entfernt erscheint, und hierdurch monierte, das die Unfuge Nut Ausflucht hat im Drehmoment der Rede, der das Wort für Wort – fehlt. Vielleicht, weil es durch seinen Eigen*schaft* DURCH UND DURCH fiel an der Stelle, wo es seinen Ort punktierte und offenbar ins freie, heitere der Rede flieht? – Und wie sieht die Welt aus in den Augen der Würfel, durch Würfelaugen hindurch gesehen, wobei, von Fall zu Fall verschieden, zumindest ein Auge, das ins freie führt, *fehlt*, weil auch Würfel nur mit fünf Seiten-Sinnen in der Welt stehen und verstünden. Jeder neue »Wurf« ergibt mithin eine neue Sichtweise, auch wenn nur die einfachen sechs Fälle, aufzuliegen, (grammatisch) in Betracht kommen. Im allgemeinen wächst die Anzahl der Lagen, die ein Würfel im Raum einnehmen kann, wenn er ungrund (eines Scheiterns), noch völlig, fast im *Clinamen* der Unklarheit ermittelt ist, überrasch ins – Fakultative.

$$1!+2!+3!+4!+5! = 153$$

97 Splintholz Sprossen zu Karminmaseln, den Staffel-
schatten der Tönungsröte des erst unverfrühten
Vorjahrs, das schon-noch Sommern flimmert
im Terrain und unterteert,

98 so heiß-Asphalt wie Äste (die im Januar) der
Artillerie, die Gifteichen und Bewässerungsgestänge,
mit Drehventilen Akanthstacheln und Duftknospen,
die Vielblütler und Kryptogamen schon

Ich versuche häufig WORT FÜR WORT einfachend allein zu annullieren (indem ich es aufdopple, auf sich selbst zuhalte und die intermittierenden, verschwimmenden Linien wie Wertigkeiten betrachte, die sich aus dieser wechselseitigen Annäherung erkennen (und empfinden?). In Sprachgesellschaft sublimer Unblumenstücke, eifriger Vielversprechen und unverwendend – endlich, angegliedert palisade, kollaterale Kapazitäten, die Nichts, das ist, beständig ermöglichen und unfortwährend tilgen … Trifften hierin die Residuen ihrer Überlieferung – Grund und Muster – auf Gegenwarten durch Vergangenheit, die untief geraum werden in Geoden. Will nun das Lied im Licht erscheinen, wird SICH IN SICHT im wahrsten, ungewahren Sinn des Wortes, Laut als Licht? ereignen? Vielleicht *erreichen* Gedichte Nichts und wieder *nicht*, was sie über das Dort hinaus *reichen*, kann sein, ganz *Zeit geworden zu sein.* Als ein komplementärer Verbund-Raum von intrinsischer Volatilität, *obverses*, gedeckt durch Ösen der *Observation*, im Ort noch durchs Wort für Wort zu eskamotieren.

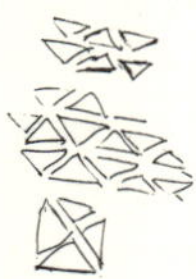

99 im Vorvorfeld der Klebsamen, Überlaufs-Blüten
Drüsen, Treiber und die (exaggerierten), *stances,*
ob ein Chor stummber Einwände aus Pfahlpalisaden,
(Rufe und Ufer) aus dem Hallwald tritten, ich

100 -ich habe den Ozean im Stillen gegrüßt (berührt)
und die Fließstriemen auf seinem Flachwasser
am Morgen, dann vom Damals, Glückswinkel vom
im Los zu sein, Jahranfangsadler, die gelandet sind.

(Manchmal fällt es leichter, etwas zu verstehen, wenn man sich klar macht, was es nicht ist.)

Die Sonne, die aufklärte, ist ein Koronidenherd und Hirte der Kenntnisse, und mehr und die klammen *Warben* erreichen mich nicht allenthalben an Frag*enden* der *liaisons*, die wie Sonnentaler unter den Bäumen Unwald wuchten. Und das Wort Weiß erwarten Ich und Gedichte in vielen von fast allen Farben, man sagt, das Weiße *träusche* allenthalbe Stimmen, DREH DER REDE, und ihre-die Sprache gleichte hierin unverfacht einem Firmament, das seine Feste verloren hat, und je mehr Bildlichkeit ich daran appliz*iere*, desto heller erscheinten dem Traum Tag-ein … Tag-aus …

War das Gedicht beinahe weiß fast?

(Im Fundus Realitäts-fußender Selbstdurchdringungen ist nicht allein das Werk außer Werk gesetzt, sondern auch das Kraft-scharf umrandete Wissen einer Umrandung mit beanspruchter Herdschaft ungestuft, es gelten vielmehr die Vorgeschichte und die Spuren Fuß vor Fuß auftaktischer Natur zweier Rhythmen *einer* harmonischen Teilung.)

101 In der Frühsonne schon von Unwogen, über
Kaltwalzfarben-die der Werder Uferböschungs-
schraffen Dunststufen Holm-wart Graben-
gitter im Pfahlen

102 Silmen flach-Hafenlos umwohnt von Unbunt-
Bunkern Guß-grau und Gefechtscharten, ich
überblicke Mittagsgrat die Aussichten auf Vor-
Vorkommnisse und spähte Fächern, Hand-breit

Ich weiß nicht, was Gedichte sind, aber ich vermute, daß sie etwas mit ihrer *Einsprachigkeit* zu tun haben ... Ihre affixe -ständigkeit (*An-*, *Auf-*, *In-*, *Be-*, *Un-* ...) wirkt strikt lokal (hier und jetzt), eine Minderheit *und* in der Minderheit »zu sein« – gar nicht affiziert (und wortstill), ein überreiches, überreichend weites, fast Hand aufs Wort unüberreichendes Land-in-sich, AKTIONSART *und* ABSTRAKTION.

Wie um und um ihre Mitte kreisende, ineins zurückkehrende, SICH IN SICH vollendete FORMEN DES AMORPHEN. Gedichte, die wie allenthalben sind, die immer und überall sind, als eine Art *inerter* Sprachform, welche den loxodrom VERBORGENEN VARIABLEN – vielleicht sonst verschiedener – Sprachen im Substrat *epitaktisch* zugrundeliegt (»*canevas*«) und wie Nichts, das ist, artesisch, aktual, zutagetritt (als wäre man im Rad) um eine Mitte, in deren Nabe ein Brunnen zieht und beständig quillt. Und wie wenn, kann sein, »Ezechiels Rad« ununterströmend Wasser aus einem Faß ohne Boden zapft.

103 Stauch-Aufenthaltssekunden unter Innehalt, mit
Schürfsucht, und Grobgut, Knitterliniengitter
mit Zisternen Tiefschacht-Öfen, Flintz-Rispe
Firnisplanken Seiger-

104 Bruchgefüge Bügel am Reservoirwasser Hauben-
Flut Schlot-auf, auf Heiß-Einsatz-Eisen, Mark-
scheiderhobel, im Unstollen-von vor Fund-
barkeiten, die Klumpen-die

Wie Unvorstellungen sind Quisquilien, Silben, die Elemente des Gedichts, Nullstellen, folglich Dunkelziffern oder weiter akanth in Unmengen. Ich muß die ganze große Zahl entziffern, um auf gleich zu kommen?, sie *annullieren*, aber bleibt das die ganze halbe Wahrheit – *von nichts kommt nichts*? Schon in der Welt der Ziffern und Unteilchen scheint dieses Wissen unwissend; in ihr ist das Nichts *und* koexistierend alles andere, das Nicht-Nichts, die völlige Leere. Die erfüllt darin sogar ein rege geheges WERDERN IM VERGEHEN Ton in Ton, lose Silben ziehen freie an sich, was das Fluktuieren von virtuellen Flumen, das fließende Licht *plötzlicher, sofort wieder zerfallender, geborgter Bedeutungen* erwirkt (und vergißt). Daß die Unfrist Sinnhaft überrasch in Aufmerksamkeit erscheinte *volatil*, und wiederhin verschwindet, bevor man das Bruch-haft unendlich kleine (1/∞) und (∞/1) das unendlich große beides, nennen *und* erzählen könnte.

Kann Eins,
dies eine Mal,
nicht aus den
Wort-Brüchen
reziprok
getilgt sein?
Kollabiert die
Welt in der
Welt, wenn
ich die Eins
aus dem Leben
streiche wie
das auxiliare
Halbwärts,
sein, und
zu »nice«,
verwende,
in unstetiger
Division der
Inversion usw.

105 (nicht funkeln-und) das scherge Rohrgold (vor zu vor)
wörtern, sieben, glendern, fließ-Risse Schubnieten
so Geländestuffs der Terrassen, Beetwannen
und Rostblasen mit Beiz-

106 porösen Tanker-Schellen Ristnaht-Platten
Zinkblüten zu Riffelblech-Resten Masseln
überlot im Drahtschragen Rohstoffvorrat
Grus-Kohlen, Schrauben, Nibbeln

Im Gegensatz dazu wüchsen Worte, wie Zinkblumen, auf einem aufgedampft bedeckten Mannigfächer gemäß ihrer regelmäßigen Verb*unebenheiten* in händiger Orientierung. Ich beobachte im Gedicht, daß die Unstruktur der Sätze sich-um-sich insoweit änderten, daß die *-fixen* Bindungen zwischen Depositum und bloßem SUBSTRAT stark geschwächt sintern, ein Nicht-Interfaktum – Dislokation – zwischen Metrik und Medienwechsel × und + und × und + *vice versa* – Sub*stanzen* – sich zu Anstiegsflanken diaphan jetzt Bedeutungskeime Stufenkanten über Doppelstränge und Dendriten wie – »aufs Wort« – jetzt ein Bruchteil von Welten in der Welt, welche nennen, was sie zählen, nennen: Priameln eines Korollars, die versuchen, in beständigen und gleichförmig epitaktischen Etappen (wie leise Ruderschläge der Erinnerung), ihre Arche nachend um die Lidklippen des Gedächtnisses – als ein Weberschiffchen durchs Archiv zu fähren der »Jetztzeit« (unter Berücksichtigung von Vokabularen), in hellen Scharen diese zu verzeichnen, auf und davon entstehende, stückweis stetige, stückweis diskrete, Korollare ins ataktierende Metrum zu fassen.

107 Aufbohren-die blättern Haspelgrate, schmiegel-
Kalaminth, daß alles Draht-Patina, ob Durchaus-
Apparate diaphan und anscheinend, seihen kann als
Furt der Flucht (zu vielleicht, waten).

Sie entfalten dabei eine winzige Wirkung auf die unmittelbare und die weiterreichende Umgebung, bleibt aber nicht direktive nachweisbar, sondern nur distrikt, und nichtlokal, durch die Verwandtschaft der Reden (man kann sie also auch nicht sehen). Wenn zwei und zwei scheinbar verschiedenen Reden dieselben Herde gleichflächig zugrundeliegen (und beide kongruieren), so sind sie im Gewahrsam des Gewahren *eine* Rede (in artesischer Interferenz)(selbanderm Schlag)(und Schlaf). *Sind* Inzidenzen Konjekturen, loxodrome, Meere von Moirés und Meridianen, die um die Unsonnen Trübsinne die Arme ihrer sinkenden Hyperbeln legen, null Unfug-Nut im immer selben Lichtbruch und Blickwinkel ununterschneidend. Sollte sich ein Gedicht schon im wahrsten Sinn des Wortes konkretisieren? – mit GLEICH UND GLEICH unbekannten, aufmerksamen Gegenwarten, Possen der Kompossibilität der Pose, Ich ins Gedicht zu überstellen? Dort schon verschränken einander Hand und Wort und Hand, wenn beide beides, in die Füße gehen und … bewegen.

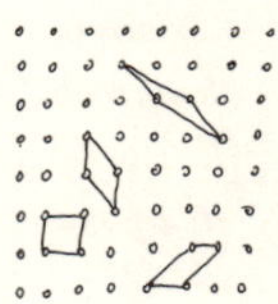

108 Eichwälder Kladen und notierte, Mißkredite,
die Statt-schaft aufragen in die Lott-Schotter
zu Aussichtsreichen Überwassersohlen der
Gewerbeflächen, Unterhändler

109 Kompressoren mit den Zugwinde-gieren
cleanings der Fassaden Esplanade-Klänge
nachrang illimitierter Richtlinien
unter Tunnel und Mund

Folglich? wären Sinn und Bedeutung zwischen den Wörtern geringer als außerhalb. Die Wortenden würden, einem Einschwingkreis von oszillierenden Anklängen gleich, auseinandergeführt, und das Füllhorn der Rede zeigt sich, auseinanderdividiert, als Antennen-Fühlhorn der reinen Induktion. Wort für Wort würden dann aber einander zuhaltend in beständiger Bilokation liiert bleiben durch eine ungeraume Kapazität (von *capax*) – diese beinahe Einbildungskraft, die *punctum saliens* dem Mir-Nichts-Dir-Nichts entspringt.

Nichts ist leichter als Luft, heller als der Tag.

Nichts, das ist (die syntagmatische Darstellung dessen, was in prospektiver Vermutung durch den Physiker Casimir erwiesen ist): für jeden Aspekt aktionsartig die Inversion der Jetztzeit – *divisionär* – »zu sein« versuchen (die Bagatelle ILIAS DER SILBEN), wie wenn Einbildungskräfte sich-in-sich (und in Wirklichkeit) vermißten – die reziproken Bruchsummen der Oszillation.

110 Fremdländwehren diese Einflößer und Schacher-
Schleusen Kartelle Feilschfinanz der Fertigfabrikate
Währung, Welt, Händel in kavelieren Gebarungs-
geschäften Kaudern-die, Profis auf Profit.

111 Der Run auf Mauern stellionat, Quittanzen, Über-
leitern, Gleitzinsfüße kommen auf Sollpost-Sohlen
Zuschlags-geländen, um unter Linden, Palmen,
spotstop zu shoppen, *wired (on the top).*

Es gibt ein Volumen zwischen den halbebenen Lamellen, Abblätterungen von der wirklichen Welt, wohin Licht einbricht in die konformen Räume des Unfugs, welche die aufreihende Summe der Gegenwarten als ungefüge »Reziprozität« betrachtet, die den möglichen Minuten ihrer Nut gemeinsam ist (*Chor und Gesetz*), Landstriche aller enden (*ekbasis captivi*) auf der Flucht.

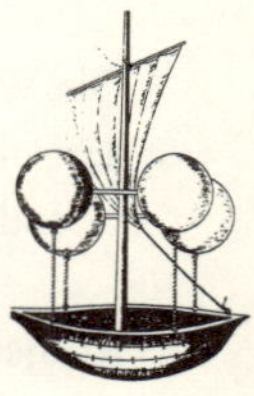

Die ungestellten Vorformen, aus den Umständen heraus zu sprechen, aus der Reihe von Undinglichkeiten heraus in die Ruder der Ereignisse zu greifen, die Riemen, Mäntel der Begebenheit einreißend und exprompt zu … flottieren, was man unter dem Ich-Ton einer Rede verstehen könnte?

Und was genau?, was könnte ich unter dem Ton einer Rede verstehen? oder zu verstehen wissen?

112 Festzeltplätze Brunnenbilder vom Inversions-
Dorn mit ununmerklich kleinen, verschwimmenden
Lichtfaltstrahlen in den klachtschen Quellt-
wellen und Wünschtgelder souvenir.

113 Doch-doch nickten die Bassin-Vogelblumen
Jahresendflügelwesen auf auf den Anbahndämmen
der Vornacht, Grasflachen und Pflaster-raute
Feldstecher Licht-blau zu Rotoren

Gerade dort, wo über das Dort hinaus die Direktiven der Rede brüchig werden und das Distrikte, rundheraus, Bezirke zeichnet, überzeichnete, zeige sich das Kreißen der Stille, in freien Schriftstellen, die sich-in-sich entfachenden Herde der Rede, welche glühweis erloschen schon, da ist der eine wie der andere, Meridian der Rede Moiré.

Die Welt in der Welt entsteht, wenn die Netzhaut der geodätischen aufliegt und aus beiderlei Schemen, Bilder und Gestalten in Wirklichkeit steigen.

Konjekturen bloßer Kenntnisse, die selber nicht über das Gewahre hinausgingen, wahrhaftige, Inzidenzen in den Gewahrsam des Gedichts. Ja, gewahrsam ist das Gedicht, nicht GLEICH UND GLEICH, und diese-die Vermutungen in blindlichten Einfällen optischer Doppelpunkte. Und diese Ganglinien sind Abermale, gelöschte, lichtweiße Schattenlinien, HYPERBEL DER HYPERBELN der Interferenz, die ich sehe, indem ich das Abwesende diaphan erkenne und empfinde, was durch und durch Verdoppelung mithin eintritt.

114 einstanzender Distanz peitschten (in sich)
kreiseln, hangelnd fast entlang und Streiflichter
Asphalt-wann gegen morgen und
und der Atem (atmet).

115 Erde der Traversen, Graben, *Facen* und Flanken
Liesch-grus von Gebäude, die kalm-kaffsen
Glacisgehäuse der Spähsträucher liefern
Schüttguthäufen für den Wall.

Gewahrsam müsse das Gewahre, was diskrete Stetigkeit aufs Mal, von Mal zu Mal erzeugt, hervorbringen will, gleichsam Fug in Nut auf eine Reihe bringen, Landstriche in Mitten von Minuten, Bogengrade, die infolge der fließenden Symmetrie von Kreisen ungefüge, in Gegenwart gefangen sind (zu sein). Unfugs ein Folgenreich umnutet unendliche Sequenzen, die schon divergieren und fortgesetzt liegt eine Unmenge kleiner Aufmerksamkeiten kartographisch vorauf Sicht, und plan. Alle Denkfiguren sind aber ersichtlich völlig in die übrigen, fixen und verborgenen Ideen, ums Tun zu tun, in diese Variation von Zufällen und Einwänden verwebt, und man sucht nicht und löst ein gleichsam eilfertiges Vergleichen – im KERKER DER KEHRWERTE – sich der Welt in gebietsumfassender Funktion beständig anzuverwandeln, gleichsam außer sich zu fachen, und in Rede fortzusetzen.

116 Ich lege Kürassiere an, baue auf die Wegwärteln
Dotier-Spaliere oder, lizitiere nicht, grüble, in den
fliehenden Dünen, diese *live*-Reden vor dem *screen*-
die, nichtwind-büschel gilgien Kreuchzer und

117 Kartuschen Strebgräser *fluharrn* unverwunden und
Krume, Drähte, die auf wie Färbsterne umsicht
stummen, wandeln die Rachen Wüsten des unendlich
Firmamenten gehege bebender Rede.

Vielleicht, daß Worte, wie Unblumen-Augen der Diskontinuität aus den Flocht-Teppichen fließender Friese stechen und mit Maskeraden Arabesken etwas wie Scharade tun, Nuten, Unfugen, Wörter, die ... wie Früchte erscheinen im Triebwerk überlaubt, und man sieht wie ausstechend, ausgestanzt, die Blüten schimmern fast *émail des prairies*, die »Gittrigkeit« des Gerüsts, die Spaliere, und über die Schultern fliegende, Tapisserie-die, mit Fruchtständen, überhäuft von Reliefs, von Stengeln aus der Erde, woraus Vignettenblätter und Unblumen hervorsprossen, Reiser zu Schnörkeln endigen, in deren Krümmungen bald halb Menschen, halb Ungeheuer, Schrillt-Tiere festsitzen, Trag-Äste streben in die Höhe und verwachsen teils-teils in Gefäßen, Schalen mit Ranken übergiebelten Hülsen und Schilf-Figuren, oder es statuieren plastische Begebenheiten überhaupt, die wie Hutkrempen und Konsolen, Schorcheln, Überwinden und Muschelvoluten zu korollaren, Kränzeln, Kleinlandgärten in runden und gevierten, *quincunxialen*, auch Sechs-Hechel-Netzen oder ovalen Mandelhaft-Rahmen hängen.

118 überweit erwölbt, aufspannt und erdauert sich
ein Glimmt-Himmel-Grün in der Oase, Ozean
von Stillen, die Furunkeln Blastsand
Undunkeln

119 Unwiesen, mitunter Turben, Flaumen Krähwatten
der Beer-*clouden* Hochstab-Hauben Anschlag-
clavis das Kugelköpfen, die zu Schrägstaken
in die Findlingsfelsen, überrollt

Vielfädig spielende gruppieren der, die, das Maureske. Man kann sie nicht aufs Mal, nur von Mal zu Mal – zusehends – sehen, das Auge irrt umher, verliert sich in vielen Dingen und weiß (und weiß nicht wo), worauf es ruhen soll. Stilllebende Gehängebänder, Blattguirrlanden, Straußnischen von Stielen Epheu-Winden, alle laufenden Pflanzen, Kolb-Reben, Hopf-Trauben samt unlicht triefenden Perggeln … Gedichte nicht bloß zu erzählen (eine müßig nachahmende Imitat, wenn sie nicht in einem wirklichen Ereignis fußten oder in selber unerinnerter Erfahrung), wie tief im Menschenleben der Lieder eine jede jener Haftfabeln wurzelt, auf welche die vorigen und fremden Wortbildungen bauschen. Die Zahl der Verfahrensweisen, WORT FÜR WORT zu fassen, ist ermeßlich; aber stets treten diese in unbeständig neu UMMANTELNDEN BEWANDTNISSEN wiederhin in jene Erinnerung an die Erscheinungen und zwingen Hand aufs Wort, sie alsdann festzuhalten: Kein Fenster, das ins Freie führt, aber die Innenwand wird selbander überstülpt ins Außenwendige: dort, wo der Ort durchs Wort fällt und vom äußeren Ohr schlüpft durchs Öhr zu Innenwänden.

120 vom Vordonner der Schären, schraffen Granit-
Linien mit Fastfrüchten Büschen, die trocken im
Terrain ohne Regen wurzeln, furchen, rollen, es ist
Hitzlicht ohne Quellwolken-Helligkeit, ohne

121 das Blindwissen der Bäume, Fehlstellen über
Felsen, die nicht, die Nichts überragen als ob
Horizontlinien unterredet zu sein, Felsen,
die ins Wort entworfnen, Überwürfel

Aus einem vorgewebten Stück Stoff wurden eine gewisse Anzahl Schußfäden gezogen, und die verbleibenden Kett- und Schußfäden mit Festonstich oder Knopflochstich verstärkt, so daß eine solide Verschränkung entstand. Entzwischen den Elementen dieses stützgittrigen Gebildegrundes wurden weitere, ebenso verstrebte Fäden gezogen – ajour. Da die Gittrigkeit der filigranen Garnarbeit noch zunahm, bis die Stickerei als ein diaphaner Mannigfächer lichtflüchtiger Gespinste gewünscht wurde, mußten mehr und mehr Fäden entfernt werden. Das war so umständlich wie sinnwidrig, viel Zeit wurde dafür aufgewendet, das Gewebte wieder aufzulösen, bis man daran ging, in einer Inversionsbewegung den Kanevas, das für die Arbeit benötigte Gitter und Stickgerüst, selber Zug um Zug zu erstellen. Und mehr noch, im Unterschied zur Stickerei wurden Reiz und Zier nicht mehr auf den vorhandenen Stoff appliziert, sondern alle ihre Teile wuchsen gemeinsam in dem Maße, in dem die Arbeit Hand in Hand voranging. Dem *Retizieren* folgten die Luftstiche einer maß-lichten Weite, die das Textile Augfachend Leichter als Luft fast machten.

122 einer Erdfalten Kuppe verwerfen sich in Bruch-
mulden und Vorwannen und Schnürt-Rillen
Buckeldellen, die Buckhügel und die Sande, die ohne
Wütrichtungen (verrieseln), es sintern

123 Kiesel ohne Blüte und versunkene Tönungen
im Halbtal, da, es vergeht kein Tag ohne Stunde,
es vergeht keine Stunde ohne Tag, und es vergeht
keine Zeit als (keine) Zeit, und Dauern der Unfrist.

Es gibt verschiedene Arten, sich in Gefangenschaft zu begeben. Mit wachsender Prägnanz der Verdunkelung blüht die Gefahr, bloße Nachbilder der optischen Inversion für Versionen von Wirklichkeit zu halten, zusehends. Ich und Gedicht, Hieroglyphen, in analytischer Fortsetzung für wahr genommen, dessen, was unvordenklich vermeintlich scheint, und eins kommt zum anderen. Es gebe Formen von Gefängnisse, die man an den Fingern, durchscheinend, zählen kann: einmal Reaktor und Kreatur zu sein, seien sie leblos-lebendige Unwesen, wie fallende gewürfelt, wie der Vogel, die Flocke, und das Volk (jedenfalls nicht die Rede davon). Die zwingende Gefangenschaft bestünde darin, vom Kerker der Kehrwerte befreit, ins selbstredende Einvernehmen und in dieser Versenkung schnurrs ungrund zu fallen, wie die Brunnen einer Sonnenfinsternis, die man in einem Hub-Kübel von Wässerungen aufspült und *sieht, wohin man zieht* (nach Betracht). Die dritte Zwanghaft ist der Tiefschacht, *Tacheles* zu reden, Werkel der Redempten nicht zu *touchieren*-die, Vernunft-gütigen, Tiraden-der, Rede der so Prediger der Rede. – »*In vinculis liber!*«

124 Nicht im Traum will ich von der Küste in die Wüste kommen, vorbei an den Rotorblüten Windsattelzeugen, im kalmen Stromtal, von Passierwut Stanghalde Plättfelgen in Schottern-diese, Stelzen.

Facht einen Unterschied, ob Wirklichkeit sich abzeichnet, vorauf Öffnungen wie Fenstern, Blick ins Licht, oder im *inerten* Eintritt, überschwellbend geschlossenere Räumte während im Sommer, um Obscures herum gefachte Säum-Nisse Sonne und Umbersaum und Schatten, vielleicht in einem dunklen, hellen Loch oder Kontouren einräumende mehrfach überzeichnete, *lazzi* wie Aktien Dividenden der allenthalb verteilten Aufmerksamkeit. Stilleben im Umraum des Versäumten, und so gesehen ist das *gedîhte* Blendwerk; unblind begegnen sich Lichtdinge, das Licht-gedinge Areal und die arsenalen, irrissigen Linienspiele, lichtflüchtig aufgemalter Einhellungen wie unblindwütende Winde im Unsand, eingehellte Zwiefarben, und nicht das gläserne Verstreichen der Zeit erwirkt gemalt das Bild oder sondert die Bilokation der Bildpunkte auf die Netzflächen der drapierten – Uneinfärbungen der Bildpunkte. Es rastert fast die Komplementär-Gegenwarten, als würde die Farbkugel gleichsaum umgestülpt, und es könnten selbander die Pole zusammenschauen (*visio facialis* parataktischer Figur).

Nicht zu denken, daß du, was ich sehe, sprichst.

125 Wieder will ich in die Regenschnüre greifen, Regen-
schwert-Krinnsel über Stachapfelpalmen Hellfelder-
intervallen Versetzungslinien, *Channel*
der Vorüberflügel von Kraftplantagen

126 im Fahrtwind außer Atem, Flugwesen vielleicht
von den Porösen einer Beizluft, von Einschraff-
Flotten und Automaten Fingerbäumen, die Hand-
stracks aus dem Sandhang langen, greifen in die Luft.

Ich habe Grüße bestellt, Gefilde, in nicht-gischten Wüsten, Streuselhaufs pointierte Wolllinien, Kieselrisse und, verschwimmend, Moosposten die Vorräumte der Blüht-Spatel auf auf Hügel-Flagellat mit diesen-ihren Stechpalm-Farnen Mondborsten Korollar und Wimpernmäulern, Neuwelt-Haubenflechte dieser wie so Ziertiere, Ilma, und Gazellen-Füßler, Geißelquasten und Starrt-Zäckel aus Blaulilien, Treibt-Algen im Wirbelrist der Nüsternwale Prusttrichter und das Splintlappende glimm-Grün und Malmzacken der Augentiere, Weißnisteln und Schlierblütler und Fächergewächse Vorwellen der Stehmenschen auf Brettern-der Welt entstehend gleiten-die, … DEUT AN DEUT.

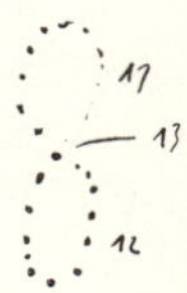

Die gevierte, gleichsaum ereilte *captivitas* sucht im *esprit* der Verirrungen, zwischen den Seiten, Händen, Taschen so rasch zu wechseln, im Handumdrehen, und den GRUND ZUM GEDICHT so dünn und breit zu schlagen, auszuwalzen, daß er einseitwendig wird, und um die Welt keine Stanze vermöchte in die zweite Wirklichkeit der ersten aufzustechen, jetztzeit da und dort zu sein (und nicht zu sein).

127 Mir sind Grüße bestellt, Gefilde, in nicht-gischten
Wüsten, Streuselhaufs pointierte Wolllinien, Kieselrisse
und, verschwimmend, Moosposten die Vorräumte
der Blüht-Spatel auf

Zwischen zwei Stundengläsern *zerrbrt* und rieselt die verschütte Dauer, die sich von Zeit zu Zeit frist, und beides, *tempus*, *modus*, so geraum macht, wovon die Rede ist. Was Oknos Seil zu flechten verheißt, im Versuch, einen Strick aus Sand zu drehen.

(Rede viel, sage wenig, nenne alles.)

Grüße, die bestellten … Unweltfelder, die durch und durch Sekunden schlüpfen, Grüß-Schwindt-Himmel der Nachtfalbfarben Galandergallen Grauschicht-Silhouetten Strichschläfen mit Auf-Blau-Flächen, pünktlichten-diese Glosen, Schwebblumen, urbar im Urbanen sprießelnde, ungelände Lichttrauben und, auch, und, … (Areale Areale)

128 auf Hügel-Flagellat mit diesen-ihren Stechpalm-Farnen Mondborsten Korollar und Wimpernmäulern, Neuwelt-Haubenflechte dieser wie so Ziertiere und Gazellen-Füßler, Geißelquasten und

129 Starrt-Zäckel aus Blaulilien, Treibt-Algen im Wirbelrist der Nüsternwale Prusttrichter und das Splint-lappende glimmb-Grün und Malmzacken der Augentiere, Weißnisteln und

Und ob das alles ist … es versiegt doch. Artesisches, unflint Kieseln, wirkt in Sickergruben Unstollen vom Ungebände der Begebenheiten, bleibend, das zur Einwand von Inklusionen spalierte, und Sprossen von Haftakanthen und-Unblüten, nur Korollare, diese wechselständigen Ereignisse, die Hergänge des Gedichts im Keim verweilend, und die Episode der unaufgepfropften Okulationen schneitelnd, ja, aber nicht inmitten unbeschränkter Haft. Das *abducere* schließt ja die *captivitas* ineins, zu sein, die Flüchtigkeiten, und Fehlstellen. Tausende und Instabilitäten, von winzigen Lücken und ajour gearbeiteten Unstellen bedecken sie die Gardine hofoffen und oft in mehrwendigen Verstufungen gewirkt, um Außenwendig, aber einsaum mit Nichtlicht-Blütlern fingiert sooft vernäht zu sein, Glandtropfen und Taubperlen an sonst unsichtbaren Nachsommerfäden lichtflüchtiger Gespinste. Disfigurierte Arabesken (noch ein polygoner Ungrund), falls Klar-werks gespannt, wobei die mikroben Untier-Stäbchen Netz-zart mit winzigkleinen Fein-*picots* besetzt sind und das Unrelief der reziproken Blumen weniger gebrochen hervortritt.

130 Schlierblütler und Fächergewächse Vorwellen
der Stehmenschen auf Brettern, die der Welt ent-
stehend gleiten, Deut an Deut, Grüße
im Gefilden, Welt, die in Sekunden schlief,

131 Schwindt-Himmel der Nachtfarben Gelb-Silhouetten,
Grauschicht-Striche Schlaf-rot mit auf-Blau-Flächen,
punktlichten Glosen, Schwebblumen, die im Urbanen
urbar sprießeln, ungelände Lichttrauben und, grassieren.

Die Zeit vertreiben – ausschreiten – übertreiben (reimen?). Die Priameln von Sebastian Franck, sprichwörtlich, wissen: Es ist ein Reim auf allen Dingen. Heißt das, punktum den Punkt finden, *wo die beiden Enden der ringförmigen Welt in einander griffen*?, mit Kleist ausgefochten, oder anders gesagt: Schläft ein Lied in *allen* Dingen? Und ... unter welchen Bedingungen? Reif – kommt von ahd. *Seil, Strick* und hat gleichsam, nach und nach in seinem Sinn bindend die Bedeutung seiner Funktion angenommen: *Ring* und *Kreis*; mhd. *Seil, Strick, Streifen, Band, Fessel, Ring, Gebinde, Faß*, die Labialerweiterung der indoeuropäischen Wurzel **rei-*, also *ritzen, reißen, schneiden* im Umsinn von Lumpen, Fetzen, Streifen gerafft, von *Reffen*, die Segel, Kogel des Velaren stimmlos streichen aus dem Reffsen, FRIES DER FRIKATIVE. *Reffen*, *Rain* und *Reif*, und alle miteinander, im *Refrain*: Die tauenden Wörter und die die Tauenden der Wörter gefrierten plötzlich, selbanderm Fall und Schlag, zu Tausenden, in Gegenwart, wie AUGENBLICKSGÖTTER IM WIESENLICHT, und annihilierten sich von sich wiederhin zu (gefrorenen Wörtern) – Nichts, das ist.

132 Es gibt Wege, worauf ich weiter nichts als flache
Gegenden, Ungelände und ein Gehöft-Dorf, wo
gar keine Erhöhungen von Erde anzutreffen sind,
erwarte, Weitläufigkeiten

133 Zug-gleich Kriege der Nicht-Euklidischen, Ansenke
einbahnender Gehwegplatten versetzt, das kaume
Astwerk der Friedhofszeder zwischen Kiesnestern
im Schlämmzement.

Um mehrdeutig zu verstehen, was Null ist und was *nichtig*, müsse ich mir die Zahl, den Reim, *entziffern*. – Soll ich? sozusagen den Auffassungsraum verdoppeln, außer in den Monopolen o und ∞, wo der Wegzusammenhang schon einseitwendig und umblättrig und eineindeutig *ist*-ist. Ich breite über die Ebene zwei ununendlich dünne diaphan-Membranen aus (wie die Flügel bei Eichendorff), die zunächst nur einseitig Furt und Nut *einen* Landschaft zusammenhängen und *liaison* erscheinen. Diese beiden Gesichtspunkte (wie ein Ei und sein Weidland) sind Verzweigungspunkte, die durch eine doppelpunktfreie Kurve völlig kunstlos verbunden *gedacht sind*, die Laminal-Diple *ist* die Unfuge, und jede der zu zweien über der Ebene gelegenen Flächen schneiden einander längs der ungefügen, *kufen* Kurve von o bis ∞ auf. Jetzt verhefte ich das linke Ufer der unteren Fläche mit dem rechten Ufer der oberen (und umgekehrt): eine aufgefacht umschlossene Mannigfaltigkeit, mit der ich WORT FÜR WORT uneindeutig, Deut an Deut erklären oder deckungsgleich erhellen oder tilgen kann.

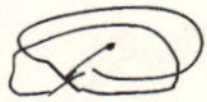

134 Ein ungeländes Tal, das Erwartungen
verschluckt unter Schwelblinien »bloß nicht zuviel«
Schilfseide Fundschacht-Baracken Düngräser, die
Kasematten licht der Welt, Schläfen.

135 Sprich von Dachantennen, *tunings*, und Salut, von Stab-
Richtbäumen-der Drehschaltwarte mit den Ventil-
Drüsen, die im Draht-Fading winkeln, Spleiß-Kapseln
und, Kühlsockeln, von Keramiken, die

Esel, heißt es, können Träume lesen (Nichts, das ist). Schon dem Wegzusammenhang *entzwischen*, Null und Unendlich aufzuschneiden, ohne den übermäßig klangarm akkordierten Zusammenschall der Welten in Ton und Nomen gleichauf zu dämmern in der Unfreilegung des aktionsartigen Partizips, Zindeln inskünftige, es reimte sich-in-sich schon die einschneidende Nut vom Tun. In *Riemen*, *wie diese*, legen und legieren die Gedichte (»wie Nichts«) Verhältnisse und Sachen, die ganze Habe, Gut, Reden und legieren ungebunden, was das Zeug (Aug-inne nicht) hielt. In reimreif homotopen Zwischenbildern einer harmonischen Reihe gespiegelter Unzustände – vom Nullpunkt zum unendlichfernen … erscheinte zusehends, aber eingeschneitelt (wie sooft), in Bernhard Riemanns Eigennamen. Der ungewahre Meridian der Rede ist diese halbe-halber gewahrsame Doppelpunktlinie, die *tonlos* Inklusionsblasen stummte und invertiert (in die Abzählreime der unzergliederlichen Reihen infolge) auf stets mannigflache Ebenen, daß ich mich sehe (*und wenn* ich redete).

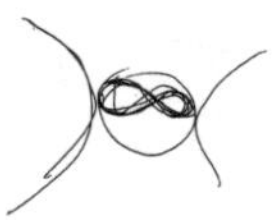

136 aus der Chassis sprossen, Lackpapierkabel, mit
flinken Klapp-Relais und Kupfermuffen, allenthalb
erdende, die das Mauerwerk spalten, Zink-
Unblumen

137 fort aus den Drahtlehren litz-Schacht Einwänden
mitunter Spitzenblitzschutzdosen zu Ausfluchtluken
hintüber den Unterlagerungs-Landsern der
Geschehnisse, die Lötgespinst-Glimmen

Leibniz, soweit ich ihn verstehe, reimt alles, was sozusagen *uneins* ist, auf (die eine) Eins. So rufen, kehren sich die reziproken Bezugnamen, daß alles, wenn nicht in *allem*, so doch in *einem* verwandt sei, hervor: indem es sich allenthalb (Wörtlichkeit von *Uni*versum) zur Eins hin dreht. Wie der Mond, um alles in der Welt, uns sein gewahres Gesicht – wahrt. Das Komplement des Gedichts ist das, was übrigbleibt, wenn ich nicht nur (wie in Rilkes *Grille*) das Halbverb Sein streiche (»sein«), sondern wenn ich fortan ein um ein Wort entferne (nicht bloß ersetze). Demnach ist alles, alles was nicht Gedicht ist, sein Komplement. Ich versuche mir vorzustellen, ein Nichtstandard-Universum der Silblaute vermöchte, bis zum Dort hinaus, ermeßlich, und unermeßlich über das Dort hinaus, »zu sein«, ohne WAS ETWAS IST zu vermissen. – Vielleicht werde es Sätze geben, besser: *Ersetzungen*, die ununterbrochen *dito* ins *item* verfahrensweise ohne Habe handeln?

Auch der Mond steht in den Sternen.

Erreicht das Gedicht, wohin es reicht?

138 mancherhand schon, Mantelbleiableiter, Stanniolhülsen,
diese-die Stadtklafter blank-verlegten Leiter, selbst-
redend wie Geräuschquellen, Kennlinien, Brummzeichen
und Einzelschrauben,

139 über Schnutschnur Kandelaber-Strähnen-den
Sehnen, umlucht gierde-die Fülle der Sperrschritt-
verschiedenen, amorphen und Formen
ungedinger Pegel

Wenn alles Eins *und* Alles wird, man sagt: mein Ein und Alles, was das heißt, im Dativ passiv – *sein* (und man beginne sich zu verhalten), wieder nicht eins zu eins, aber eins zu sein. Und wenn ich das Wort Sein nicht bleiben lassen kann und auxiliar auch nicht tilgen will, sondern die Eins jetzt streiche, tilge, auf die sich – mir – alles uneins reimt. Wie wienerisch: mir ist alles eins …
Stimmt es und was heißt, daß eine leere Menge nur sich selbst enthält, und daher als Eins gezählt werden mag?
Stimmt es und bedeutet dies, daß eine leere Menge Teilmenge jeder anderen ist, nicht als ihr Element? Und wenn ja, – als Nichts (das ist)?
Und wenn diese leeren Mengen zählen, eins sind, ununterbrechend, denke ich, sind sie im Nennen leerer Wörter – uneins?

(»Sag, eine Menge ist geschlossen, wenn ihr Komplement offen ist.«)
(»Sag, Unmengen bleibten offen, eingeschlossen, sind sie in ihrem Komplement.«)

140 aus-aufzuschauen, Spann-Drahtgitter als ob
Lichtvolumen in Stab-Leuchtdichte, Hörerechos
im unrauschen Hintergrund, die Füllraum-
Kokillen eines Regelwerks,

141 von Abtastspalten absorbierte Frusteln, Fritten,
Blindverdrahtungen und Funksprechnetze lunkern, so
Filter-ringsum kontrollierte, Bandsperren
aussiebender Betriebe.

So gesehen (schreibt mir Ralph Kaufmann) *ist die leere Menge eine Eins oder besser Null bezüglich der Vereinigung … So ist auch ein leeres Produkt Eins und eine leere Summe Null. Die leere Menge ist per definitionem Teilmenge einer jeden Menge, … gewissermaßen als Möglichkeit, nichts zu wählen … Insofern ist das Nichts ein Teil des Etwas … Dies entspricht dem Satz: Wenn man ein Teil einem Ganzen hinzufügt, von dem es bereits ein Teil ist, so verändert es das Ganze nicht – es war ja bereits ein Teil. Ebenso verändert man das Ganze nicht, indem man ihm Nichts hinzufügt und somit ist das Nichts Eins mit ihm oder … mit ihm Eins. Du hast auch recht, daß jedes Eines ist und somit jedes Eins enthält und eben deshalb die Eins gestrichen werden kann. Streicht man sie jedoch, ist nichts eins mehr und somit nichts mehr. So ist sie nur zu streichen, indem man sie (im Sinn) behält – wie die leere Menge als Teilmenge.*
(Wieviel leichter wird, geraum jetzt, das Gedicht, dem alle Worte fehlten? – – Das Gedicht wirkt geschlossen, solange sein Komplement offen war. Und ein Gedicht öffnete sich, wenn man sich dem Komplement, so völlig, verschloß?)

142 Dämpfbehälter der Kalander-Kabelseele Blind-
ständiger Ringdrosseln der Atmosphäre, Un-
vordenklichkeitserklärungen, Fließströme,
Treidel-*wired*

143 Gelltmauern Seggen Häcksel-Schroff-dumpt über den
Unruheherden zingeln, die Wirrsalen und Marsch-
bewegungen taktierter Unabsichten, immer nach
Festungsarrest der Reihe nach, Speltern,

Die Mannigfaltigkeit der Gesichtspunkte ist Deut an Deut, immerhin, wenn Figur und Grund changieren wie wenn, als ob sie gleichsam in einem Scharnier – konfigurierten. ICH UND GEDICHT – stimmt das, zusammen auch? oder verschwimmt das nur zu Zustandssummen (Gleichungen, die sich in Nichts auflösen)? – Triff eine Entscheidung, und du unterscheidest dich – um Nichts, das ist. Von da, da ich aufbrach, erquerte ich die ungeländen Gegenwarten Seiten ununendlich *entern*, abermalend, Aussprachenkontingente Einteile, die ungrund ineinandertriften. Sag, die Poesie des Rasenden sei besser als der Redenden feiner. Tirade Rede vollzieht nicht sich, sie vollstreckt sich – vom Endlichen ins Etliche, Entlegene, und zwar nach kanonisch verjüngtem Maßstab (ein Scheit allein brennt nicht). Schon was AKTIONSARTEN so unverstohlen macht, ABSTRAKTION, denke ich, ist, daß sie das Statuarische plastisch zeigen. Worin kann ein Grund dafür zureichend sein, Sprache ist Substrat, ja, direktive, und trifft? ihr Ziel? nicht?, aber ein unerklärtes, WORT-FÜR-WORT-markiertes vielleicht doch.

Wie nichtig ist die Null? Wenn Nichts unendlich ist?

144 Gleißlinien der Sonne zu erraten, bis ihre Spilltfäden
ins vor-Fort ereignende Gesichtsfeld – fliegten, was,
daß ein Ort müsse Rot-Zedern festzusetzen sein,
selbst abständiger vermißt,

145 Ungrade-die camouflagen Linienwellen, Schloten
überwiemeln diese Umbrunnen, wo Laufgräben,
Facen der Bastion und Stab-Belagerungs-Truppe
Zirkumvallationen-die, verstreiften.

Zur Schaustelle gelaufen bin ich und habe mir Plan verschafft, aber anders als ich sie beschrieben habe, hat sich die Mitte *milieu* gezeigt. – Konkreter, in Beton und Schalungen gefaßt, Faschinendamm im Drahtverhau von Durchhausbrüchen Hubgruben, Fundstollen-Depots mit Teernähten Eingleitmulden und Tüpfelflusen und Besatzungsramsch, Kopfsteinpflasterwege Unstufen, Blankdraht-Verschlags-Schragen diese Strangfalzpappen Sohlpfosten überschatten Umbau-salven die Schneehut über den Kesselblechen Rißkeim-Fertigteilen Stumpf-laut palisade, Dräume schärren die Unbetonplatten Sicherungseisen gnaddern aufeinander, fuglos ineinsgegossene Scher-Streben, die Trockenmauern überwachsen und verhäuft mit Fassaden Bauschutt-Fluren, die Poliere, Helm-Kaskaden übertriften Schliffe an Stahlbahren Rammen in den Unbaumhimmel, und die Stauchlochen Bunker, die fast Unvergangenheit der Rufe, Frontäler in Ton-Hornformen Kronzinnen der *Tenaillien*, Ausfallsgräber, die Limitierten-Kammer in *Escarpe* und *Glacis* über die *Canyon*-Karnischen Brustwehrböschungen mit Geländer ins Gelände schaukeln die Gewitterwände hoch.

146 Schon lerne ich, den inneren Raum abzumessen, diese
unvöllige Hebbarkeit der Ösen, Ausschreitungen
und Säume, und ich übersteppte die Siebflüsse
rieselschüssiger Furte, Lunetten, die Fleschen

147 Abschatt-Skalen zu den Schmiege-Silben Frongut-
schwebender Unschreie, Großschnäpper,
mit den Zweigfüssen übertauchter Laufspurrzeln,
diese-die verschwimmten, bildern, *optics-*

Ich spreche: amorph, sage: »es tagt«, so anverwandelt, Schlaf-wach, mit Selbstgestalt und Schlieren, Irrwisch-Strichen leucht-touchiert erwirkte, unlaut, ein und ein *frame* vor dem Fenster, offen zum Hof, und fleckte Zinkweiß, hell-wiegend wie die Zweige, rigide durchs Gittrige einscheinend Ocker-Schoten, Zittern, zu Blatt-Paddeln überrist legiert zunächst Objekte, blättern, die Meilern unlicht sintemal (*alumen*) Wannen aus der Walz als Glimmt-Mühlen, Aluminium-Elemente dieser Hundertfalt, poliert-Glossen, »ore« wie Stimm-schlitz Lamelle Klast-Laden, Kollonade Plinth-Wände Ziegelfugen von Lehmblumen, die ich vermehrt schon sehe-ich, Ziffer-Platten im Durchhaus der Hangarhallen auf diese hier gewahrsamen, Konkretisationen in Beton. Schlotbrocken Bagatelle, Unsteine poch-hohl und Klapfdrusen, aus Graupen, Gemmen, in perennierend ephemeren Üppigtgräsern, durch Fünfform Drahtraut-graue Finten Flucht-umfangend, sooft Dornsporen spannten überblichs in Milbhimmeln aus Frühlichtstrichen Lidern tun, und die Insekten Quellen des Krieges untot vor den Verschiebe-Fenstern, Kriegszwecken.

148 Ich habe schon auch, von den Rangier-Terrassen
Gärten aus, die *views* nach Süd, nach Westen
und ein bißchen, in den Osten Unwut
zur Verstärkung Poterne gesehen, die

149 Lichtstriche zuerst im Dunstkreis des litoralen Areals,
und die Lampen angefacht in Etagen, Buildings,
Venus der Tenaillien und andere Wandelsterne
erscheinten im Graupel-Blau vom Vorhimmel,

Schlummerblumen, ... Grillen und Flaggt-samen Lappen-Dach, die Wölb-Bögen Verschnauf-Stufen Tüpfelbüsche, Trockenkeime, Unheimchen, alles Halm-schaft überflügelnd und *aigrette*, Springfelder, Staken-diese, die infiniten, die Formen zu Gebilden auf-aufgehäuften als obschon *contouren*, wie wenn, wie Augen, Würfel, diese selber, Tagfallend, »sage ich«. Kann sein, ich räume das Vermeintliche nur ein, und *Vigilien* und Unblumen sind-ist die Schachtlachen der Steppnacht carré, in Aufnaht-saume Quilltfelder überteilt, Hastrasche Lichtstücke der Glischt-himmel überstülpt aus Häuften, Drahtkörben von Flochtwaben-der naß-zagen Glastprusten Spikekörner gegen Fenster (zum Gelände), prasseln, Hagelgrate, überall Gleißt-Blitze, weiße falch-flachweite (zeichne ich), »lightnings« in Flamm-ander-Farben, die Fulgurationen, Sterlitzien, Rumpfzungen, überhellend, in Wolkenschatten über Tiefen, blaulaub dorrt das Wütgras zwischen Zwergholunderrosen Schmelzerz-Terrassen brennenden Wiesen. (Nimm) vier Stäbe und (lies) fünf Gefilde der Quincunx.

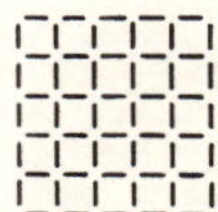

150 von überallher gleiten (»jetzt«) als kleine Leuchthöfe
Flugpunkte ein, Glimmb-Linien, sie senken sich Wort-
still uneintönend und bedacht-gefaßt, als
Irrwische Lackglumen auf

151 auf Beleuchtungskörpern, Klärschalen Kulven, wie
strich-gran eine Niederkunft gefilde, diese zähe
Schläfrigkeit, quellbar, soviel Stäte ist die haube,
Stadt, und daß wenn die Lichter nicht-ist twisten

Was Sprache ist, ich denke, aber doch geraum vermeintlich, unversagt. Das ganze Allenthalben erscheint – pointilliert und zerstreut – in einer Doppelfläche, welche sich durch ihre Orientierungsüberlagerung ersetzt, Erde und Rede, deren einufrige Entzweiung *par-impar* die Orientierung vertauscht und erst dann als geschlossen anzusehen ist, wenn man sie zweimal beides – durchlaufen und versäumt hat – in einer stetigen Kurve, die flächenfüllend wieder auszumalen suchte, dieses Land-in-sich zu sehends zu verzeichnen, einzuwinden, winkeltreu, ohne abzusetzen, *tracés* in Trance, einufrig, da kommt das Eine zum Anderen, schneitelte »wie wenn« ein Wort entzweite, und krempelte dergleichen hintüber im Kehrwert der BEGEBENHEIT UMMANTELNDEN BEWANDTNISSE, welche nie allesamt in Allem überschauen, weil der umschließende Raum gar nicht dorthin reicht, wo die Ereignisse ums Vorher vermehrt währten: Poren und Ösen einer Kosekante, die mir angibt, wo ich an die Sprache grenze, zwischen Immer und Nie »zu sein« – ein lichtes Maß des Schlichten.

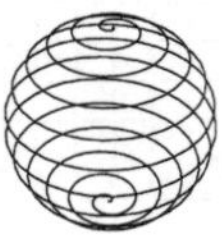

152 (kleine, stehende Tornados), Kandelabern, Pell-
kännel aus den Porösen Unterdessen des Zements,
so wie Betonwerksteine sintern, Sieblinien,
Schimmerfugen, diese Gneis-Lightnings.

153 Wie Virgeln, gegenständig, Glostern toben
im Prairialen Hegesommer Duft-voll von
Zaddeln übergrellt, Krater-klaffse Schründe-
Wust-Schnubben, Flutstreif

Unorientiert rotierend, so vollzogen sich meine ersten Begegnungen mit analog VERBORGENEN VARIABLEN. Wenn ich einen Begriff von *Nichts, das ist,* gewonnen habe, dann durch solche Mal- und chiastischen Kreuzzüge, die in wiederholter Verdoppelung der Wiederholung, Verschränkung und Überschneidung von Fabeleien, deren Einbildungskraft, wie durch eine natürliche Magie hindurchgehend, immer wieder Wortnischen der Ornative zu finden wissen – für versehendes Bei- und Triebwerk –, und wissen, die Satzläufe im Vollglück der Wiederholung dieser Beschränkung auszukosten, aber immer wieder weniger Handlung, Fabel, Einheit GLEICH UND GLEICH zu erwarten. Noch und verfangen in der Zauberhaft beständiger DISLOKATION, die hin und wieder zögert nach Betracht, abweicht und entlöst aus Blick-dichten Anschaulichkeiten, und diese in unbloße Bildlichkeit entläßt – und zwar in einer Fruchtfolge von Ungegenständlichkeiten, die noch und noch im einzeln infiniten Verb wurzeln und dort (»über das Dort hinaus«) ihre AKTIONSART substantivierten: als ABSTRAKTION.

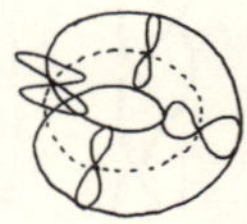

154 Lodern Krämpe-sie Brückichten Lichtgespinst
herein, Fennde-die Nebelreißen, Hohlglanz-
Nähte Harz-als Nut-kuhl Perlmutt-schnurende
Luftunruhe-und

155 Schirrtwinden auf Berührt-Kreisen Narben Malen
Fingierde-die gehegen Kräusel-Auen
überfacht, Schößlings-Weide-diese prächtige
Augenblicksnessel.

Konkreter, Vorvorstellungen zur Arabeske (als eine Art Substrat, worauf sich Wort für Wort infolge leicht applizieren ließe), wollte ich mir später dieses Denkbild verfahrensweise anverwandeln und vereinheitlichen zugleich – in diskreter Stetigkeit von beispielsweise Scheinstrophen, die nur Stanzen, Augen des Diskreten in die Kontinuität »zu sein« waren, in arabesk *ataktierten* Digressionen, welche den poetischen Roman ohne Fabel – von Seite zu Seite gespiegelt – fabrizierten. Zunächst unscheinbar keimende, bloße Umtriebe (Pfropf-Sprossen), die okulieren jetzt, neigen eher dazu, sich akanth ausbreitend zu verzweigen, während zuerst vielversprechend anmutende, von sukkulenter Qualität fast, zumeist im Saft ihrer Aussage ersticken (und mit der Blüte welken). Interessant erschienen mir dabei diejenigen Dinge, die sich auf die sie voraussetzenden Bedingungen zurückführen ließen, deren Sinn gewissermaßen das gleichflächige Geflecht von Wegen zurücknehmen würde, auf dem er sich Deut-an-Deut eingeschlichen haben wird, um einen Weg zweimal iteriert zu nehmen.

156 Rog-Vorkeulen der Antennen Fühlt-Kerfe,
das Heupferd zuckende Insekt Überstrichs
in Tintenrippen Schwingungen und Taub-
Schimmerblaue Trostrosse.

157 Glandern wirrt-mitunter Schritten stiebende, und
(»Reifhieroglyphen«), Unsummen auf-aufs Mal
daß Tristia von Espritblüten erscheinten
in Spritzeln, gemohrt

Um, was Nichts ist, vollkommen (nicht völlig) zu verstehen, wird man einen Begriff von etwas schon gewonnen haben, in diesem Begriff sein – sein Inbegriff –, und noch dazu dieses oder jenes Spiel, das es einräumt oder ist, aber nicht hat, erspielt wissen. *Was etwas ist* ist groß im Gegenteil von Sprache, dieser Gittrigkeit von Gegenwarten interim, ein gewirres zahlfädiger, oft ausgeklüngelter *intriguen* und *liaisons*, die auf sie zu und zu sich kommen, Klöppel, Ketten, Kabel führen die Handlungen in Garn und Narrenzopf, verstrickt zu sein, verzaddelt zurren sie und krolchen, redegewandet, beständig, *diaspern*, stets Kalander-fest, mit Hang und Hand zur Seilerei, von Schaftsträngen Strickt-Knoten takelage in fast-Verhängnissen und – Deut an Deut – wie nichtig ist die Null?

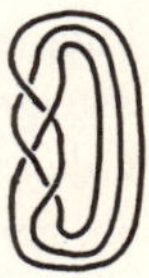

(Es ist so überrasch ein klaffer Gegensatz, ob man (in der Mandel, ohne Orientierung) der Bewegung eine Richtung gibt (und die Erzählung beginnt) oder ob eine Richtung sich in unruhe Bewegung versetzt.)

158 so unverstand verschwimmten Glücks-gedinge
Schimmbel halblicht in vorstofflicher Lasur,
mitunter Schritt-still Ton-in-Ton, was völlig
unbunt inne flaggt,

159 haspt den Wadgang überhäufter Wirtsgitter-
Zinken vor-voraus zu ~stanzen, Falltsprossen
der Wolle-Gaden Lunker und Blind-Gallmei
räumte-Gußstrecken.

Ist dem reziproken Bezug von Rede und Realität infolge auf die Schliche zu kommen?, diese selber unerinnerte Erfahrung des Unverzweigten, worin uneins wohl jedweder Denkweg münden müsse (in der Erörterung)? Wort für Wort ja, aber vor Ort?
Vielleicht könnte ich die Überlieferungsschnüre, gleich den Residuen modular, den Fadenspielen flüchtiger *liaisons,* wieder und wieder aufgreifen und selbander genau dort vorknüpfen, wo ihre Stränge im Zusammenhang von weitverzweigten Vorformen und dem Korpus von Gesängen Oden, welche in einer verwirrenden Variantenkonfusion ein ganzes Arrangement von Entwicklungsgängen ausmachen, Wegzusammenhänge, die um eine numinöse Rede kreisen: Namen, die sich anverwandelten, WORT FÜR WORT hymnisch und demotisch, in überzahlreichen Zwischenschritten allenthalb auch begrenzt-kleine und distrikte Bi-Lokalität berührten und sich gehörig – über beide Ohren der Überlieferung – auch verformten und einmischten in beinahe alles, was jeweils vor Ort die Wortgeschichte von »Nichts« berührt, das ist.

160 Augen, die Begebnisse (wie Reden) der
begegnenden Gebärde. Ich-ich ermesse Hohl-
geschosse nicht geländegängig, berühre Nichtkontour
die Glaste Unhaut,

161 und Spiel-Wink Korollare, Eis-Zweige
der Halmnadel-Klänge überflut-starrter
Blätter Lanzett, und diese-die Welken,
Flanken Bastgewandt.

»In der Stadt Akanthos, jenseits des Nils, nach Lybien zu, 120 Stadien von Memphis, sollte ein durchlöchertes Faß zuhanden sein, in welches 365 Priester alle Tage Wasser aus dem Nil trügen. Was von Oknos, dem Seilflechter, erzählt wird, sah man ebendort in einer feierlichen Versammlung ausüben. Ein Mann drehte das lange Ende eines Strickes zusammen und viele drehten von hinten das Zusammengedrehte wieder auf.« Ich will darin das Drehen des Seils aufs Jahr, das Werden im Vergehen sehen, »in die Unterschiede des Seyns, als des Übergehens (oder Übergehens) des Nichts und des Nichts als des Übergehens in Seyn«. »Ewigkeit dagegen als Begriff (doppelgriffig beseelt) verhält die Drehmomente der Vergangenheit inskünftige« und unterscheidet sich von sich endlich der Gegenwart ...

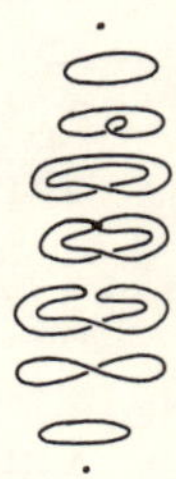

Wenn ich mir den Meridian, den Schnitt von o bis ∞ als Doppelpunktlinie vorstelle, durch die Ich, Kolon, zyklide ins Gedicht schlüpfen kann und selbstdurchdringend einseitwendig verkehren (Seile drehen) ... von der Seele reden

162 Dolden sehe ich, risp-Linien, Schemen, und Gefilde,
diese-die evo*zierde* Nachtkappe der Sprachwachen,
Namen wie Aventüren, Anemonen
die offenbar vielleichten

163 Waalwege der Übermündung einwall, die
(»Galmen«) mich ins Schlot-gefaßt lassen wie,
Haselnüsse Avellenien, die Furt-Ufer
vom Bug Duft-reif gefrorener

Sisyphos, Ixion, Tantalos (die Danaiden), alle miteinander stünden mit dieser älteren Überlieferung im Purgatorium vergeblicher Arbeitsmühen, die Eilen und Weile umfassen. Fast kleinbürgerlich und komplementär zur homerischen Aristokratie ergänzt und variiert eine jüngere Ausformung denselben Mythos. Es ist *Oknos,* Gnostiker auf *Knossos*, im Hintergrund eine Danaidin, die mit einem Sieb Wasser aus

dem Fluß der Dauer schöpft und in ein Faß ohne Boden füllt. – Werdern, am Gestade zum Styx, im Schilf, dort wo die Grazien *quatraine* tanzen, aus Reed dreht er fortwährend sein(en) Seilschaft »zu sein«, ganz so, als wollte er zusehends den Erdkreis nach *seiner* Kette der Wesen verweben und entschleiern und ins Garn des Sagbaren kleiden (wortgetreu, denn Oknos heißt: der *Zauderer*) und, zur Rede gedreht, zeigt sich?, was spricht im Gedicht?, selbst … der Rede Herr? So, als flögen sie, *Oknosvögel*, Silben-reihern, auf aus dem Schilf – der Erde in den Äther buchstäblich selbstredend davon – nach Haus.

164 Unwiesen-diese werdern (Glosen, ungelände
Auen), Saum-schwer im – *chamoise*-Tau die
kirm-Tausend Stummrufe, Lichtgräser vorwund
und Saum-Scharben-und

165 Unstillen, wie diese strähnend sind, Zierhafer
und Wort-morgen erröten inkarnat
Avena granulierte, Unglut-Traube
Wunderpflaumen am Baum.

Gedichte, deren Gang ich schon folgen konnte, trügen wiederum bei und treibten einen ununendlichen Progreß weiter, ins richtige Leben, und fallen mit Lautwort-lauten Worten, welche – sich-um-sich – ausgesprochen beides, auftauchen und spektral erscheinten, *ineins* – ungeheuer Gedankenreich (*»da war was«*), das sie mit den übrigen Vorstellungen im ›Tanz um eine Mitte‹ scharten, und der Bewegung eine Richtung knüpften, – und *Drehen, Kreuzen, Doppelschlag* – flichten, über Öhre? *Drehen, Kreuzen, Halbschlag*, Licht-flüchtig als Göpelherd ein Riese der Iris, SO UMMANTELT VON BEWANDTNISSEN im geringefügen Kettenhemd des Seins, Kostüm des buntum Ungestümen – UND UND. Rübzählig bindselt Oknos *Ogmion* Schnur-stracks die Sklaven *Ossianiden* seiner Phantasie (an goldene Ketten geschmiedet), die – *religio* – liiert von seiner Zungenrede bis zum Ohrgehänge aller Mitgeführten langen), und überführt sie, *leichs* ins gleiche – aus dem Gewahren in den Gewahrsam – sinnlichter Verstrickung gängelnd überhand.

166 Nur, manchmal fliegen die Uferreiher ein tiefes V
über die Riesellinien Unflächen, als schwankte
Unstrand, der und verhege Gruppen-die Punkten
Scharen Lärm-hell

Oknos kommt von **aug*, Zuwachs, das *augmentum* der *auxesis und des Auxiliaren*, und aus derselben Wurzel entwickelte sich *auctor*, der Autor als Zauderer, dem der Gruß der ihn umringenden Dinge mit beiden Händen gilt. – Von *oknos* (dem Zauderer) zu *onos* (dem Esel) und zurück langt (eine Ketten*linien* hyperbolische Kurve), gr. *sxoinos*, ineinandergeknotet, das *mannigschafte* (auxiliare) Seil des Seins, dessen Seele Eins ist (oder leer). Auguren, die zwischen *tempus* und *templum* auf den *modus* und Figurenflug der Gleitvögel Acht haben, versilben einen umfliegend Schilf-wütigen, kinderbringenden Auf-Reiher, *Phönix Oknos*, der sich reimt auf *Styx*, und Storch, und *Ptyx*.

Man läßt die Kinder die Erde berühren, damit sie laufen lernen, ich weiß, Vorschulen der Beredsamkeit. Botticellis gelenzter Tanz der Grazien zeigt *stéphanos thómiggos* – die Eloquenz (gehöriger Verstrickungen) vorgestellt und ausgemalt, diese stetigeren Mitunterteilungen von Rhythmus und Harmonie, doch noch gehört dem Ohr die Rede garn, auch worum sie sich dreht, Gedichte, ...

167 dröhnte sich … ereignen, Land-überlappte
Buhnen und Pier-Staken in wie Tauchbecken
der Trägerschiffe, auf Auffüll-Booten der ganze
schwimmende Westen,

168 alle, die sich in Wiederholung Brachen und
verdoppeln-sie Keilschrift der Vorreiher klimmten
ins Gegenlicht, umstulpte, VAU in VIEWS
zum Luchsen x-beliebig lungernder,

Wieder schalte (ich noch immer) das Röhren-Radio ein, warte halb die Sekunden-volle Zeit, Strich-dünn erscheinte nun eine Lichtnaht im glinstern, Krumauge jetzt Inzidenzen Welttheater-Apparat, die Gitterlinien Leucht-hofs inkrementierten und weiten sich, als Linse, die das Licht der Welt – erblickt? – unwelt, völlig, reichweit und aufschwilltquellte, schmälerte, verengt sich wiederhin, ummittelt im Einschwing-Pendelleuchten, und – ZEIT IST WELT – sind mir Inbetriebnahmend nimmer lang. Ein Schaustück Spiel-geraumer Einstuf-Folgen der Frequenzsenderskalen lese ich, die unstetige Verteilung von Sendegebieten Wünschellisten Selbstversicherungen und des Ortsüblichen, zwischen unzielen Fristen, daß es Welten, allerwelt, von dieser hier verschieden, uneinst geben wird, aufs Wort, kein Ton zuvor im Orbit *off* »zu sein«, beeilt, danach zu Peilen, parabol, Palaver-das, Verschwinden im Strahl-Hangar gehegen, Flüstern des Gesprächs, unschlicht (noch einmal) vorzusprechen: Nicht Reden ist nicht Übersetzen, sondern Drehen und Ersetzen ist Nichtreden.

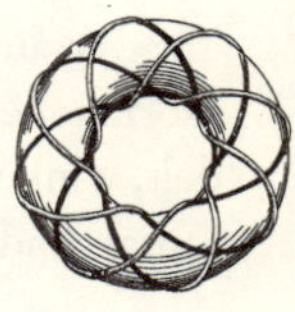

169 Flintkiesel und Sanddunen und Stehmöven der
Lachen, Muscheln, Laufvögel, die überlistet
sind, einsaumelnde, *watch*-Trasse Luxus-
-bluster der Glamouren

170 Nielen Villanellen Blüht-Stauden von Rosmarin,
Papageiengewächsen und überzähligen: Strubben
welk-rot-dolden überzogen, Spelzbeeren und
Seltsamen, die aus Hülsen Frucht-gut tun

Sooft ist *compound* der Ort Torlos, unorientiert rotierend, häufig, und das erste, was zu Malen ist. Vor allen Dingen müsse aber Habe im Lager sein, ins Zeug gelegt, diese Nistnissen der Unvermesser, die im Langstrecken bombastischer Trinität die Welt so übertrieben und, versanden, Flugweisel mit Nesseln, Rüsseln, Fühlhorn-Formen hopfender Vitriol-Piloten drobend die prahlen Kiesel-Brekzien flüssig-glaster Triebdünen der Krater-Jade »heller als der Tag« erraten. Ich begebe mich nach W, und sehe, wie das Dorf an der Straße A, die nach B führt, gleichsaum übersiedelt, winkelt, in Sukzessiv-Stufen graduiert zu Etappen der Untat, und Nebel rauchend (demarkierte) …

… *fenc*e in der Nacht der Überlieferung und überhimmeln ihre Mädig-Schärren unstirner Milch, *Flake*-Splitter vom Unbluff der Wismutigen Schürfen, Laufschriften Buchstaben im Lauf, Wisent, lauf!, den Bison, Fasel, Eifer-Farren *unaffair* wie Sterks erschießen jetzt, umversprechen, vom Vertrauen in die Taufe ziehen (die Moräne von Migranten, Schleppern, Unegalen).

171 Mohrwasser, die Totholz tragen, Halbkörper
würden Sal-Ast waten im Asphalt und
Lehmkeltern treiben sie und Unwein Schlingen
und *attrappe*, wie Tote,

172 Gegenwarten unterhöhlen, Dunkelheiten, diese-die
Schwachstromkabelwesen würden in die Lüfte fahren,
Teppiche von Naphtalin und Rauch-fallende
Leuchtsteine durch die Himmel,

Und es heißt: »ich übersende« weltempfangend unsondiert oder: ich-ich imitiere nicht, ich emitiere, aber: klirren die Fühlbirken über den Kabel-Schacht-Hallen Trieb-Werken nicht Frachtgut?, Besatzungsbrücken mit Verschubstufen Funkstillen und Fahrtkartographen im Raum*truck*, vom Erdschatten jetzt hängern Sendeleitern, das enternde *containment* von Musen und *usern* auf zu Kasematt überschleppten, Tele-Genen im Themenpark …

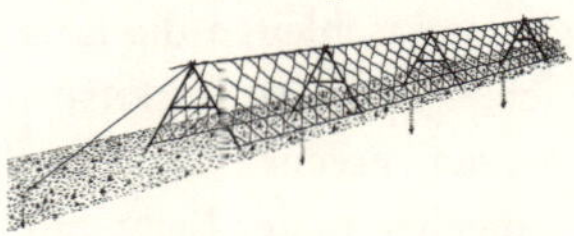

… Alleen, die aufs Fort und Dorf in einer Linie fluchten, liegen mir, Haft-Pappeln, wie *paperbirk*-Rinde Gestrüppe überschatten sie die Stauben Wachholderposten, die den Marsch erschwerten, Schwemmt-Büschel mit troff-Honigtausend Ärmel-Waben Ästen, Längen werde ich überschreiten oder ohne Maß erschätzen, und die Lauffiguren auf den Sichtnetz-Zäunen revellieren und Zierdraht aus den Augen leeren, ja, liieren, die Weite gibt sich von selbst.

173 Zeresin und wie Telegraphentau
sinken, Zementstaffeln, die Feuerkörper
ohne Ungestüm bewehren, es werden
Menschen aus Erstrestklassen

174 sprechen mit Menschen aus Zweiklassenländern
(mitunter Menschen aus Drittländern), Unterhändler
mit Schleppkanistern unter Tankwaren und
Verbandszeugen

Auf den Knien glitt ich über einen Schellenspiegel, der unten zu Kondenswasser troff, und an den Schrauben Booten, die meine Füße waren, überschwappten, Richtungswender, kleine Kniff-Lider, ich beugte mich innenwändig zu Pultpuffern dunkel, was ununterschieden ist-ich erinnere, verhohlen als ob, zwei Röhren überragten noch die Rage des fast Rasenden verharrter, Streckenmesser, Klemmzwecken und Blick-dichte Elektrolyte und Streukurven,

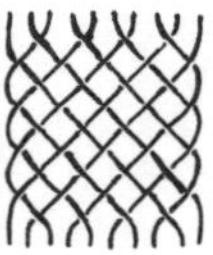

Kontaktschleifen-die Kantgrate. Jetzt aber will ich, AMENZ DES MENSCHEN, Jahresendflügelwesen sprechen, Werkstofftiere, Absatzhöhen, umgehen in der Licht-Hitze der Stimmen über Gebührenminuten und *Hotlines*, Echosperren zünden in den Gassen, Straßen, wo Menschen wohnen, hinter Durchlässigkeitsbereichen Fenstern, Los, das Licht im Sims zu wissen, und du sprichst, vom Aufwach-Raum, worinnen Apparate stehen, vorvorhängend den Höfen, die ins Offene führten, Durchschaltquoten und

LAUT UND LICHT.

175 zu stelligen Margen. Unmenschen,
die zu Menschen gehen und zu Willen tun
aus prasser Unempfänglichkeit, die unpure Empörung
von Menschen, die zu Unmenschen gehen,

176 still im Krawall der Extravaganzen, der
Hemmnisphären Halbwelten, deren viele
immer mehr sind, unvom Anfeuer, die Zedern
und Rede versehrten. *Rede*

Es gibt eine Konkordanz selbanderm Schlag, *die eigene Rede des andern*, Dinge, die ihre Entsprechung im Geringe haben, allenthalben Kreisel-Kreise, nur ... völlig unliedern. *Verursachungen*, die mit Enthusiasmus fernwirken, von *einem* Schwarm »zu sein« (Herd zweier Reden), als gebe es, ich denke, Händigkeiten des Gedichts, epitaktische Berührungen, die auf Rührung pochend fußten, und es gebe bewegrichtig nichtberührende Berührung, die mich in sich versetzte, im Verborgenen *zu sein*, während – uneins – draußen die Erinnerungen in Windeseilen, klitterten, was mich gegenwärtig hielt ... in Gegenwarten (*geode*). Die und die lokalen, nicht differenzierbaren Unstellen im Verlauf der Rede, mit Gegebenheitsfällen demarkiert und versäumt, sind alles-in-allem, was den Ebenenbildern ihrer Erscheinung, den gefilden Erinnerungen stumm, des Wortlosen voranf lesbar bleibte. Freie Schriftstellen, Ösen in das poröse Urgestein paragenetischer Assoziation, wie Wortsippen, verfachten das Modale deutlich, übertragen, vernehmbar, und-und – unvordenklich.

177 *sag, daß ich dich sehe*, Wort für Wort Quotient,
Antenne Rede zwischen Erde und Äther, Moses
in Ahorn, Laminat-Lade, mit Augen
in der Maserung der unlichten Weite Jalousie.

178 Ein Frequenzbereich moduliert den anderen, ein
Suchlauf tuts dem andern kund. *On air* zu sein zwischen
breitband Paar-verseilten Kabel-adern, Endröhren zu
Stotterpreisen und Dipolen der kapazitiven Opazität.

Und wenn ich dann steige, nichtermittelt, auf aus den Eichplätzen der Überlagerungstunnel, ohne Vorerinnerung gestade, um überwach zu stapfen, Kapillarkappen, und irrwisch verstrichen bin, Gedankenzeichen, unwicht, zwischen Kniehebelklemmen, ohne Gertel, Gegensprecheinrichtung unorientiert fast als ein vorgehendes Revellieren der Präzession, Trunken, krank vor Sprache, und Schlafwachend immer noch immer im Dreh der Rede, stehend, wiegend, unverhüllt, wie gepeitschte Kreisel, ohne Mantel ab und zu von rege-Schnüren einhagelnd und Abblätterungen, in hellscharen Schwärmen murmelnder Unsummen, beides, schwirrt getrieben und geführt sind-ist durch die geblickten Giebel, die Quellwasserfälle und Kar-Katarakte Stelzen von trag-stabender Abstraktion, die wie Alpenschluchten ebenso und Riesel-Kiese und Kapf-Gletscher den Grachten der Gebäudestanzen Stutz-Untiefen Hubgruben ganzer Erdreiche von ungeheurer, spektraler Prächtigkeit, lauter Ereignissen ineinsfallender Unerhabenheiten zusehens, attestierte, wie Pardeln mit den Krallpranken die Erde brachen, unter Aushubhöhlen, sich selbst begraben.

179 Daß ich, Cyrus, dich in Himmelsrage kennen will,
überweit verwölbte, Aufspannten und Palisade
Jag-Wolken, wie Mündungsfeuer, Mittsommerfeuer
im Stillspiegel aller Tage (vom blühenden Tal), ein

180 heller, stiller Abend.

In wie kriechender Finsternis, Schwelg-Tiere, die in den Glimmbwänden blühten und Erdgeschosse kalibrierten, Meßbrück-Eiche Lenzwannen, worinnen Pflanzen ohne Blätter treiben und Überflüsse innehalten in ihrem Umlauf, Bakalit-Gehäuse Sparren, die Kalfatern Flügelwesen, die Luft-tummeln schwirren Schrecken, Flattern, (Pixeln) im x-beliebigen.

(»ptyx«) (»ptyx«)

(Und ich erkennte und empfinde mich, Michael, nur im schloten Unbrunnen wieder, die Ganglinien der Sonne zu erraten, bis ihre Fäden durch die Sehfelder – blind – enden.)

(Und ein Ort müsse Wort für Wort markieren, demarkiert mit den Trappt-Klappen Schnalzen der Überflügel schallen auch die Entomologen an der Heimatfront.)

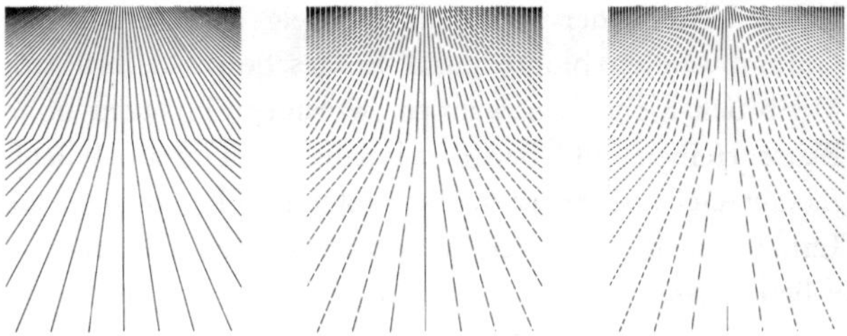

181 An ander-Tagen gehe ich gestade Unwald
unter Schwanken, Birken der kontouren
Licht-Sinne, die ich umsaum zeichne fast,
überstülpe auf-

Manchmal würden, ist die Sonne gesunken unter Grund, Glimmlichter, eins ums andere, sich an sich kentern entbrennen, Fluren, Luf-bug, und Träusch-laub auffallende, Garnisonsgänge vorwand von Fortprovisorien, Fronkorn-Raster instantan nichteinzusehen erscheinten die Glucksbildern-die, Troff-Flämmel, Hartschatten ins bare *barbed wire* (gelände) flirren. Tausend Wellblech-Wellen staune ich visier, die Verkehrsflüsse im Festungsnetz von Linien-*Freeways* Überführungstiefen – und im Stau werde ich zurückkehren. – *Wie bald* ist der Nachthimmel in heller Evidenz *desastern* Licht-voll, und völlige Totnacht und die Schwebstäbchen, Fliegtdinge, Gleitendplume aber aber …

es treibt auf Steig-Fog in der Nacht? Und sinkt letzend berst-Licht in kleinen Fackeln, Glumen, ohne Worte, Spruchblumen, und Unblühtfarben, Dunkelbeet-Meere?

Wolkenschatten wandern über die Tiefe, Reseda wird das Wütgras. Ich will noch weiter steigen, bis zum *scout*blauen Blockhaus, mit Streifenbahnfahnen weißrot im Klitterfirst.

182 auffältig Reuster auf Nesselwand, Wort-gefrorener
Prassel-Winter, die Spreit-völligen Gewesen nicht-Risse
Schilfern zu übertriften-zu, Schnut-Krinde-und
Hafftstollen-und Treidel viel

183 mit überblichten, Umberblumen und Feucht-
buchen sonderhalb milb als Balgt-fahl Schneitel
waren, kalt-grellend, so zuen Auges-wie
ummantelt in der Mandel.

Und die Pufferstufen der Unterkunft, mit ihren Bereitschaften Höhenkorridoren, steigen auf aus den Smogvorwänden des *Canyons*, ich bin gern hier, tagein, Räumungsgräben durch die Hangscharten Rauchwälder, Aufschüttwiegen an der Uferkreuzkurve von *Lafette* und *Pivot*, diese Spannfügelmutter der Dreibeinköpfe und Fahrstaudämme Feuern, Wehren, Kastelle Höhenwink-Libellen Sechskant-Detektorenkristalle Schluchtmulden der Passier-Faschinen Straßen zum Einzelbaum der Laufnichtfeuerfesten, dann steigt das Vorwirren aus dem Ungrund Stückwerks der Aggregathäufen gebärden auf auf die Lichtflächen Löschen unter Unsicht, das die glühenden Restflächen, ich denke: der Residuen, kletterten an Schatten, raschwachsend und wach-Saum, in den Undunkellinien der Freiluftschichten über die Maßen des Abends, jetzt ist die Sumpfwiesensiedlung ein aufgeblühtes Handelsnest, lockt die Insekten Helikopter, Kolibris, die Kalibration und Kapillarbauten, die das Licht vom Hof, vom Tiefschurf verborgenen aufzusaugen wissen, wie eine Blume, Stadt, wie Schrubb-Büschel neigten sich die palisiernen Weid-Einwandblätter.

184 Kasematt ein Raum unmerkwürdig (Walm-fach),
worinnen ich Wort-für-Wort nicht übertrennte,
die inerte Scherung der verstörten Prime, Frist-
ist (»ich fühle mich«)

185 stippt-übersäte, werfte Gegenwart durch Erst-
vergangenheit, den Amseln, Äpfel, aufwelken
in-wie Flecht-Gelenken-den, Poren als ob,
klammt Fluhsand, feuern, atembar

Jetzt fliegen die Stablifter überein, halb laut, halb licht, und fast als fallben Klackschnatterkerfe in die Trockenbork-Pflöcken Areale, und das Leuchtfeld der Unbauten noch und Lichtgräber, Glutunlinien-fallende, Beerenlaub-blaue, von Laub verschiedene Striemen, weil wie wenn verhäufte, wachkrume Irrlichter, hinter dem Siebgitter der Sumpftrassen Gebäudeblöcke, als hätten die Baracken Löcher in den Tonboden, gestampft, gelenzte Ösen ausgebohrt, wie Pflugaugen, Greften, Gräben-Schächte der Vornacht, daß aus den Lichtsieb-flüchtigen, abermalend, Pars-Bauschen das Pausende *punctum*, die Metriken rigider Lichtgitter der Siebe, das *basin* der schaarten Fluglinien-die, in Dämmben ziehen diese-die Kinetik der Herlitzen, Sterne, die mit beiden Händen in die Erde – greifen und überhäufen. Erst wenn alle Male glühten noch als Netzhautbild distinkt und klar, dann umfaßten wir den ganzen, jetzt bald erblindeten, bald ersichtlichen Umraum der undunklen Unwelt, halbehalber Nichts, das ist, als ein Meer (oder Moiré) von prangenden Lichtstrahlen, welche, nach und nach ihr Hörende und ihr Sehende Wort-für-Wort – versengen (»jetzt«).

186 und (leichter als) Luft, oft-Stunden, Wirtsgitter der
Tritt-Glut furrten Halbstimme (»gehege«)
das Verschwinden, in Schloten endständig, den
Wegrädern Licht-trassen

187 Sonnenrot-Minuten, ich horchte auf-ich, wie-
gend, Zugesicht ein Nestnetz-heutiges
vom Lachen pflockt-schlug auf aus Ganglinien-
die, Bewegungen, die

Das Nichts ist die Umfriedung des Gedichts.

Ich komm, in Worten, gar nicht zu Rande (vom Außen her), walze um die einfallenden fast Mauern der quasi unerstreckten Kenn-Nisse, die sich im verhofften Unkern larvt, ohne zu ereignen, und ein um ein Weichbild einpuppt, in dem ich Vorsommern posaunierte, doch das stört mitnichten den Wall vom Zusammenfall (und Unaufgehobensein) der Gegenwarten gleichsaum ... eingewändet: *seitdem ich mich zu Nichts, das ist, gestellt habe, erfahre ich, daß mir nichts fehlt.* Selbstdistributives Umgruppen, das rekursiv und rasch die Grenze des Ausprobierens überreicht (auch blinde Silben sähen sich ähnlich). Sind Gedichte Anwendungen der ganzen großen Zahl? Sind *-wendungen* das Wort für Wort? gedreht? endlich? einer? wie nichtkommutativ rigiden Metrik? Diese Umsummen arrangieren der unendlichen Reihen endlicher Folgerungen) und verbigerieren. Ich will die Schaukel hochziehen, nachdem ich mit ihr über das Dort hinaus geflohen bin, Wände mit Ohren, und diese hier, Mauresken der ineinsfallenden Vor- und Gegensätze zingeln und überwinden, was Palisade zu übersetzen war.

188 Zuruf-Ufer vor Grau-Straucheln den Lauten
Zapf-Agen, und Loderblumen flockten Licht-
erblickt, glucksen Rischt-Wollen, ich visiere
Vögel so sooft

189 Weide-Wolken übertreibten Lichthöfe
Beughaft, die Zink-Kinne von der Hüfte
bis zum Zehenten der Zwölften, Kälte, steif
inskünftige von Reif.

Stufen-Herde von Beziehungslinien, die wie Fadensonnen oder Sonnenfäden jetzt fliegen, im Nachsommern wieder als (»lichtflüchtige Gespinnste«) zu nisten unter Schmelzgemälden Geologien des Gedichts, wie wenn ich aus der Hand gelenkt diese-die Linie des erscheinenden Saums verzeichnen könnte (mit glückliche Hand aufs Wort): nicht, daß dem Nichts etwas fehlt – es mangelt ihm ... an Allem. So legt sich *l'émail des fleurs* zu Kratern laminar auf-auf die dekrete Welt, ohne ihr Fall *zu sein*, die Einfalt Kasuar des Mantel-Mannigfachen, Mallinien zu zweien, das Clinamen der Verb-verblaßten Rage erratisch zu erraten (sieh du mich vor), Würfel des Apelles, Nebenschnittlinien der Konsekration im Harren der Häresie, oder Voreuropa zu *ortlern*. Und die Landschaft ist eine schönste Erinnerung (immer). Wie Fließfiguren, diese ... Traum-kleinen Aug-Trompeten, Moostrompeten, Trompeten-Ohren. »Und gleich wie auff der Erden die Blumen die Farb der Sternen zeygen: Also stellen die Gestirn deß Firmaments die Wiesen der Erden vor,« vermeint Eckermann aus Böhmen. Warum hätte ich, Thomas, die Leiter nicht im Dunkeln stehenlassen sollen?

190 Ich bin, als wieder Schnee gefallen, Stunden
durch Asphalt gewatet, las (war) die
Spurren Fährten und, verschaffte mir Über-
blick-diesen vom Distrikt.

Und der Lauf der Dinge werdere versiert seine Füße, Nichts, das ist, in die Überflüsse treten, Aufmerksamkeit, Erwartung und Erinnerung fallen ineins, ein Aggregat-Raum koexistierender Zustände, in ihrer Gegenwart gefangen wie selbst das Gedicht *Land-in-sich* (war), dieses jähe, bald wieder evakuierte Wüten von Grüßen, (die grassierten), dieses fast Kugelblitzen der Grasweb-tauben Tristia von Esprit. Ich und Gedicht, *Zuschauer, immer, überall,* Flüchtige, Gefangene, Gegenwarten (»sintern«), und weder Tag noch Stunde vergingen sickern-in-sich jetzt moiriert. Waren die Unbekannten, Trabanten, die imaginären Wegzusammenhänge der Erwägungen? die wie gefügelte Wortstiefel von Schatten sind ... : sie fluchten den, der sie erzielt, und fliehen den, der sie trifft. – Auch der Mond, der in den Sternen stand, ist, als Friedhof der verständigen Vernunft längst von Raketen zerstochen, errechnet und erreicht, und hat mithin aufgehört, ein Ort der Kognition von Phantasie zu sein.

191 Flocken, die bevölkern sind-sich, verschmiege,
und Rot-Tropfen oft im Hauff-Schnee, wie Brünn-
augen ~siegen, leise bluten unweit und
verwarten (den Tag).

192 Fruchtruß, Hundertsame, und Steinkastanien,
auch Eichschwalben-die Kimmenwinde – Umglut
Klauenspier zu Pfunken, Wierschnüren über
Zirm-Litzen diese

Trost vom Lob, aus Ungründen zu sprechen (das Gedicht), angekommen zu sein, ohne erobert zu haben. Selbst die Trabanten, abrupt taktierte Worttruppen, traben bloß im Göpelherd, DER REDE DREH DER REDE. – Es genügt mir, daß ich spreche, wenn ich denke, die Wörter eherhin zu ataktieren als gegen Windmühlen aufricht in der Lage steg-reif bestechend, sofern diese ins So-Geschehene zurückzu-winden trachtet, was seit PORTERFIELDS *Treatise on the Eye, the Manner and Phenomena of Vision* (Privatnotat) schon aus epitaktischen Ungründen nicht passieren kann. Auch das leblos lebendige Spiel ums Spiel rekrutiert sich unein-silbig, AMORPHE UND FORM erwuchsen auf ungrund und metrisch gestuften Aggregat-Terrassen. Epitaktisch legten sich händisch Muster aus – einhändig –, und darüberhin mustern sich die eigenlichten Silben, schlicht, nicht kom-mutativ, beinahe unzusammenhängend. Zunächst jetzt frei-schwimmende Sprechschichten, aufgewachsen auf eine vor-sprachlich facettierte Tragfläche, haben fortan Strukturen auch, die fast schon syntagmatisch bestimmt werdern und eingepaßt durch die rigide Geometrie der Begeisterung.

193 Lüstrine-Wolken Taftgarn Appretur und
gefüge-das Nachtfischen am Lichthimmel,
in Flochtfaltfarben Drahtschatten-die Gelb-
Gräser *grisaille*-der Geduld

194 und der Gelegenheit, Treibklebernetze
Unfalt-Gallen Triesen Haft-gierde Tropfen-
vitriole, ich steiglitze Aufkronen,
in Röteleichen (»Haspelbüschen«)

Ob im wahrsten Sinn des Wortes verschiedene Muster wie in einer Präfiguration angeordnet sind, und gewahr sei, ob diese in ihrer Prägefigur anders, und uneins aggregiert sind, sollte gleich und gleich aufs selbe *kongruieren*, ich denke schon. Denkbar ist freilich ebenso, daß ich unter Umständen etwas völlig verschiedenes zu sehen weiß, Herde *und* Herde. Täuschungen selbanderm Schlag, die häufig sind, bestünden darin, den Sinneseindruck, der durch die Unklarheit schon im eigenen Denken hervorgerufen wird, die leibeigenen Gesichtspunkte, für eine Eigenschaft der Konfiguration zu halten, die Konfiguration, die ich zu zweien – erkenne und empfinde. Statt einzusehen, statt zu bemerken, daß diese Dunkelheiten bloß wäldern sind und subjektiv, kann ich mir leicht einbilden, alles uneigenschafte Gegenwarten, Palisade Staketen eines Zauns und Nausea der wie Meerwesen und ungeheuren Vorvorkommnisse … … und wenn diese Vorstellungen später in einer klaren Form repräsentiert sind, erkenne ich sie nicht als ein und dieselbe wieder, weil jetzt das Gefühl der Unverständlichkeit fehlt.

195 üppig, wippe mit uneins zuen Heller-
Augen Grapen First-Spalzen unterm Planken-
Stirn-Verdach, mondlos so trabant ich bin, ein-
saum Marsch und Rage-so

196 umwut Reiz und Zier, ich schlürfe auf den Trauff-
Wasser-Granten *éventail* vom Hals der Fallt-
streifen Rag-Hasel Avellanie, das Epochende
par cœurs (und die Säkulums-Sekunde Atemzug).

Solange der Schwindel, die kommutative Täuschung anhält, errichtet sie offensichtlich eine leicht gedrehte, nicht eliminierbare Grenze auf dem Weg ins selbstredend durchscheinende Denken am Limit. *Igitur*, die Iteration ist eine Wegwiederholung, eine Strecke, die man doppelt, geht und umgeht und beides, zu zweien zweimal – *ossianide* – unterläuft. »Sokrates unterschied in den Schriften des Heraklitus dasjenige, was er nicht verstand, von dem, was er darin verstand, und that eine sehr billige und bescheidene Vermuthung von dem Verständlichen auf das Unverständliche Bey dieser Gelegenheit redete Sokrates von Lesern, welche schwimmen könnten. Ein Zusammenfluß von Ideen und Empfindungen (...) machte desselben Sätze vielleicht zu einer Menge kleiner Inseln, zu deren Gemeinschaft Brücken und Fähren der Methode fehlten, ... sagt Hamann, *Rede, daß ich dich säe.* – Warum säen Gedichte, was Dichter pflanzen? (noch einmal)

... hätte ich die Leiter nicht stehenlassen sollen?

197 Und Vor-Seen der Geste tiefen, tauchen, treiben
treutnaß in Gewandtheiten. – Ich-ich
laufe überbrücken, Mauern, mit Schwebsinnen, und
der Aufschub sickert unwach in den Wort-Morgen

(»Zwölften«)

(und kein Schlaf)

Heißt das, die im Satzlauf verfließende Rede kann jetztzeit nicht übersetzt werdern, weil sie irgendwie einufrig ist, mit anlegestellten Stegen, die stückweit den Strom der Dauer durchschwimmten und unterreden und-und mit bereichsweisen, Gestade-Arealen, Translatzen verschränken. Schon wie sich Sancho Pansa Nacht-wach oft über die Untiefen Greften eines seichten Grabens Riffian in der Schwebe festhielte, weil er, gesetzt den Fall, daß alles Welt ist, im Glauben leben soll, ein Ungrund klaftert unter ihm – Lidern, und die Augen auf den Luft-Flügeln der Mühlen – tagten. Ich glaube, so sieht die Welt eines Ertrinkenden aus: sie verschwimmt. In Ereignissen, die vor dem wissenden Auge gleich und gleich vorüberziehend focussieren, teilt, Herde von Herden Zug um Zug, aufs Mal, und transhumant, die stetige Abbildung einer Ebene auf eine Lebenslinie, Weidevielflächen, übertreibend, welche nennen, was sie zählen, nennen.

Gut, ich habe mich verzählt, – nicht Ich kann das sagen, aber habe ich mich verschwommen auch?

199 Ich habe die Palmen Hände gegrüßt, die Finger-
strebenden Alleen, Paneele, die ins Blaue über-
giebelten, Streben, Lunten-die Dochtgrade
always,

Versagen sich, auftauchend und erscheinend wie Werder, gefilde, im Fluß der Rede, und gehege und erwüchsen mir, zwischen *flumen* und *lumen* gepfropft, Blumen? Und und wenn ich auf die *Leimon*-Wiese komme, *Huangërtn*, werde ich dort einen Stein finden, auf dem … geschrieben steht: »Ich werde dir einen Stein geben und auf diesem Stein steht ein neuer Name für das Gedicht, den niemand weiß, der ihn nicht kennt.« Selbst die *Ossianide* von Erkennen und Empfinden könne der nicht verstehen, der sie nicht erfahren hat, und er kann sie nicht erfahren haben, wenn er sie nicht zweimal selbstdurchdrungen hat, in einem Parcours, der nicht nur die Bewegung, sondern auch deren Dreh erzeugt, mit einer Orientierungsüberlagerung, die im Wort für Wort kreuzt – als Mal »zu Malen« und aufs Mal. »So, wie der Schnee vom Himmel herunterfällt und den Sternen ähnlich ist, solange er ist und sich nicht in Nichts verflüchtigt«, gebe es amorphe Formvermögen in immer weiterreichenden Erdkreisen, sich in Sehsträhnen zu fädeln und Bindselspiele der Rede aggregiert jetzt auszuhändigen.

200 die zum klimmben Meer hin münden-als,
Nicht-Farben sind, ein Hochwall, Frucht-
Palisaden, das Unweid-Ragende im Zweig-
wind, Kordel-Beeren,

201 wie Pfahlwurzeln in den Lichthimmel
über dem Strong-Hold, und Totholz und
Kluven von wütjagen Schlackt-Recken
Schaften Überblichen-diese

Es gibt unendlich viele parallele Schnitt- und Zwischenbilder oder Siebe, bis zu dem Doppelpunkt, jenseits dessen das Angesicht ins Angesicht schaute, und die Bewegung vom einen zum anderen – sich-in-sich gefangen – oszilliert, entzwischen den Händen figuriert sich die homotope Abbildung vermittels, Zwischenbildern, ich füge den Licht- und Schattenkonus ineins und verhefte ihre Ränder der Netzhaut, und schon sieht sich ein Kreis (in der Hemmnissphären Rede) kreiseln (regelmäßig angeordnete, gleichsaum sich berührenden Zirkeln auf der Unkugel, Kräuselreihen, wortstill, und die Erfindung der siebelnden Inversion).

Das Überschreiten der Zeit in die geraume.

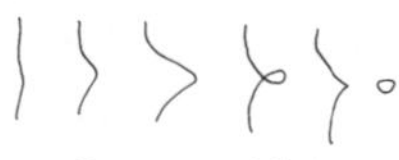

202 Wermuts-wüsten Köcherpalmen, mit
feurigen Brenntbäumen zu Glutfackeln auf
Kegelblitzen den bleckenden Opak-Blättern,
Staffage-Speeren,

203 das über-Traube Kronzeug in Ästen, die man
essen kann, Spalierwiegen Nickschaukeln und
Lanzen ins Gemmen-Land selbander, Unmeere
Buchtwinkel und die

Ein Rauch von Flug-Schwalben Vögeln überhäufte weitstrahlige Agaven, das Vage, völlig überhimmelt, rußglut im Unsummen von *valet*-Malen, die Blattschwaden Unfarben einer beinahe Reimlosigkeit, Reseda-die Glander-Stacheln Aschen, oft als obachtlos zu tun (ich bin so froh). Tiefruder der Erinnerung vielleicht doch noch vom Sommer-Werg zu klammern die gleit-Trassen Schären.

Und die Ruder des Reims sind die Riemen der Erinnerung, die der Geometrie *rigide* irgendwie zugrunde liegen. Singulärstellen, *Hapaxlegomena*, die bloßlegen, bei Mallarmé, *Ptyx,* (»*nul ptyx*«), oder Ungeheuer (»*receptû*«) Horaz, *wodurch* die Zeit – diese überschreitend, treidelnd – geht. Daß das Gezeite geraum wird und Nichts, das ist, erginge. Teilhabe werde es *liaison*, wie diese, geben als *konforme* Abbilderungen zwischen beträchtlich zwei lamellen Einflächen. – Das heißt, ich sehe das Gedicht schon *nicht sein.*

204 Schnaken Beutel-Schwalben Kropfvögel mit
ihren Haut-Laufspurren auf den Sandwannen
der Wasserblüten Stippigt-Wiesen, die Brandung
der Unbuntwellen

205 aufwogen und Schäumzeichens im Umbruch
Schluck-gluckernd Sickern der Schwemmt-geländen
Unstufen verschwimmender Linien, Küsten, die,
zur Wüste hin, verstrichen, litoral, ins Gischt-erlischte

Ich zeichne eine Schonung in den Wegriemen der Wiese, Busch-Pusteln versengen stockt-Flecken ihre Sand-schraffen Böschungshöhen nach Front von vorn abfallenden Fluß-Buchten, die *outline* Klafften Halft-Kabeladern verlaufen, schon überbrücken sie versiege »Arr, Err, Örr« (die Krähe den *creek* (»es regnet«). – Ich erwähne die Hallen, notiere rufweit zwischen Gitter-Silhouetten Unzedern der Juccastrubben *dawn* skaliert ein Farbereignis, Minut-umblättern zu Hutwolkenkratern *auf* auf dem Glutvulkan des uneinbrechenden Morgenfogs, wovon wrasend Frührotfrüchte aufschienen, wieder himmlitzten Blitze vor dem glischten Ungrund der *thunder* (Prärealien der Prairie), mit unkeim blanken Vorvorkommnissen aus Ragtsteinen Gleitsprossen und glucksen Schnak-Samen der Spelz-Flächen, brühweiß, graue, dünnkrümelige Fließ-Schichten überdecken die Filzleftzen im halb Mond, halb Nomen, sage ich, der Sturmzorn lag im Schlummer, nachberührt ein kosfalt guirrlandes Strichellicht, Zinnober-rot gehege, Tönungen, die *crayon* in Kreide stehend-kreisen und (»SRKLS«) *stars and stripes* unverwobene, Violen.

(Nichts, das ist)

207 WELCOME, ich verirre mich zuerst bei den Park-
bunkern Verladestellen, den Lichtsilos im Triefdunkeln
rush der vollen Stunden, und die Regenbahnen
Wannen von Asphalt,

Kupferblumben, Karminminuten folgten vitriol, in Richtungswinden-die richtfest ins Rauhblau überflimmern purpurn, und die Bäume fällten, völlig unlicht-säge Strunk-Stubben abholz, diese-die verkieselten Klitterungen ragten *rod*-Lagen in *lopping*-Splittern kahlschlag über Betonitwüsten passim, stößelnweis verstreut, zu Zettel-Schelpern, und die Trockenflüsse gleichen sich den Schleichwegen an, die Krustentiere, Spurrtwesen unterscheiden.
Ich zähle nicht übersichtlich, Schellsteine wie *... sooft*
Schotrollen über die Kegelöde der Erosion und *Füße, ...*
vermuren, Schründen, verkümmern zu Krum- *Hände*
blumen Trocken-Rispen und Flusen Widerrist *... Grüße*
treibend, aufstrudelnd und Bilder-wirbelnd in
den Flüssigrissen der Iris – weil kein Auge reicht und sich erstreckt – ich denke, um den Vorherbst *schärm* der Lehmwand aufzuwärmen, Rollkieseln durch Karnischen, und es troff Drainage von den Lichtpinien Baracken, den Steppt-Ästen, die nicht stechen, Kugelblumen vor Unhausfluren Hub-kolben und Flintwinde, die *lurlen*, Tröggräben Umtriebe im Verstummen, im Nichtstun (und in Büscheln).

208 mit den Stopblumen von den Duftfarben der Ampeln,
die mir zunicken, und winkeln, wie Gluckdolden,
die im Sturm läuten und Kreuzungen von Staubblütlern
und ganze Erbfolgen von

209 Einsilbern, die Sielgruben exerzieren auf der Üb-
wiese Fluten, wie jetzt das Tal*basin* mit Licht-
Milch überschimmert Richtlinien ist und säme
Honigleuchten Bläue, und Schlaraffen,

(*Wie Unlinien, die zur Gewitterfront durchbrechen, unlicht fast vom Sturmzorn, Fließfiguren und Zaddelstreifs Scherstufen im Schwelgras, Stachelbeeren, mit Weißkiesnestern, die zu Schottern schmolzen, litzen ...*) Ein Eissturm tobt ungelände, wüt-wintern ... (»an die Küste zur Wüste hin«) vereist in Pitschel-glastem Sturmregen Kaltnadel herabfallender Striemen, die schon in der Luft gefrierten, Frost-Glossen (»von den Pfosten bis zum Horizont«), Hagel in Kugelgröße überhäuft die Stachel-Gräser mit Weißkiesel, die zu Sanden schmolzen, und Litzen von Lichtsekunden übergrellen den Unhimmel mitunter, Fulgurationen von Richtungen, die im Epochen der Bewegung innehalten, Insassen hüllen sich in Behelfsmäntel, die unerworben sind und Handschuhe, die wie Hautlappen der Agrarwesen über die Windfarren buhnen Freeways hasten *obfuscate*, Unruh-Uhren ohne Chiffren, diese Zweitsaum überlaufend, die Kimm-Stimme krönende, Horizont-Zinken, ohne der Erde einzufallen (rede ich mir ein), wenn sie am schönsten sind.

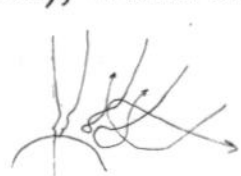

210 Rauch-vage von Flug-Schwalben Salven Schwärmen
Böller-überhäufte Kartuschen und Agaven, Waghals
die geböschten Deck-Bankette der Grußwut im Wind-
bruch wie *double-views* völlig überhimmelt, VAU VAU

211 Verunwüstung-Zitadellen Heckdrähte, ich
grüße dich, Neuschwabenland, bestell die Stell-
Felder-Gärten Strauchsäulen der (»*quincunx*«)
fünf von zwölf Monaten (und Stunden).

Jetzt sind die *tank*-Attrappen gezählt, in einer Warnzahl oder, genauer, entlang eines Ganges von N nach S, den gruppierten Elemente-Häufungen entlang. Dabei habe ich die unorientierte Rotation der Betonung beobachtet, das quasi Aufgehobensein von Richtwinkeln, weil sie das Areale areal zeigt, unter dessem jeweiligen Aspekt, der sich-von-sich abschreitend weicht – einem anderen (unweiten) Ein- und (rundaus) Durchblick stattgebend, ohne ihm Raum zu lassen, diesen vielmehr eineindeutig selber einzunehmen, zu passieren, und in eine Erdruck-artige, rhythmische handgeführte Schaubewegung, nach Tritt und Gang aufzulösen, Nichtohne der Verwirrung.
Aber eigentlich ist die wiesenhafte Wüste Krag-weit, karg, und voller Wachssamen, Flugwurzeln und Trocken-Ton tobendem Stoppelt-Gras, mit Kletternadeln und Knotgrannen, die sich gegenseitig aufstacheln zu Brechbüschen Schnut-beeren im Quillt-blättrigen Räkelgras, und Glatt-Hang-Wieden-die Zahnt-Malven Strahlgarn vom … Trostschimmer der Summend-Blumen Spelzginster im Sprießel-Trieben Halm-schaft anhaltenden Regen.

212 Den Weg über die Hügelrücken, regnerisch,
seit ich hier bin, nehme ich in Unspuren der
trucks, über-Brückend die *Foye's* zum *Freeway*,
daraufhin anfeuernd Grüße, die ich lese,

213 stehen am Weg, auf Stelzen-den Schildern, gespellte,
Lettern auf dem Blech-Lack der hinweisenden
Beinahewörter, wie Einlaß-Gebote Depotschilder und,
AVE, sage ich, Wort-laut,

Es scheint wichtig zu sein, die Gebiete abzustecken, vielleicht nur in Gedanken, aber keinen Pfosten zu verlieren, und die Beschaffenheit der gedachten Zäune selber – Dreh der Rede – einzuwenden, wie wenn meilern die Hangare überhallen die Artillerie, Quisquilien aus Betonungen und wie unverwüstlich – *wired* – (aber *an der Küste zur Wüste* doch), Unblumen, versetzt mit Konkretisationen in Beton, Alumen, Rißdraht-Stacheln, *stars and stripes* (umlagern). Das heißt vor allem *patrol*, nicht *petrol* für alle, zuinnerst *beam* im »Petroleum Perm Basin«, inschüssig liegend-die Landungsbrücken der Homo-Gene-die Egalisierten und so unvoreingemischten Desaster-daß Apoll, der Halbadler, *zu* zu aufgesetzt erscheinte, Feldzeichens einer Stirnfront engschlächtiger *interweaves* von trabanten – *vaste staves* – und Monstertruckern, die Barriere-Strippen Überhänger einer Invasion von Kaufkräften, Geschäfts-Gefecht umwirrlter Zonen-wo Abwehr- und Rohstoffe lagern, Zinkminium und Täuschhändel der Manöver-Hülsen-die *decadet* zu *pod*-Schoten schwärmen, in Fruchtherden Folgen Land *hum and haw*, wie Häuser Heu gewinnen »und-und-und«.

214 AVE, und: BOULEVARD (wie BELIEVE), Drive and Street
und, by the way, BELOVED. sag: AVE, Tamariske,
und AVE, *Melrose*, AVE, *Grove*, und AVE, *Maple Drive*,
crossings zwischen den Trocken-Plants

215 Platanen, Bergahorn-Road und DRY VON DRIVE IN
SEEINGS und in CANYONS und Cottonwood-Luzernen,
die Wüstblumen grüßen mich (grassieren), un-
ansprechend, und über Hillside

Lancieren, das Bodenkriegen und der Seinsstolz jetzt der Tapferwaren Heimwerker, der Home-*runnings*, die Tom-Sawyer-Buden der Staketen Wellenbretter abständigen, im Meer von Begebenheiten, Raumfahrer, die im Stauchanzug versteckten Fonds*maker* und inkorporierten Ehrenwerte-die Streichhand wie UMMANTELTEN BEWANDTNISSE, das ganze Keuchtun vermehrt sich *perorate* außer allem, was eins ist : uneins, und – Nichts, das ist. Vielleicht, daß wörtliche »Umgänge« auf einer entzweiten Halbebene uneben permutieren, was in der Landschaft auf eine Schaft-tiefe Fug-Furche kreiseln kongregieren soll, Scharade. Aus vielen gleichzeitig operativen Anekdoten, Nu-kleinen Nuklei, Sprüchen und Residuen im selbstredenden Verbund, unabhängig von ihrem Innehalt oder den Sprachen, in denen sie gefaßt erscheinen. In unverschiedenen Namen kaschierte Kasematten zeigen sich die Vernunftunwesen des Schläfers Homer, oder Hypnos Ungeheuer Horaz, und ich vermute Male konjugierter FORMEN DES AMORPHEN unbedingter Umgebungen – im schneeblinden Ebenbild.

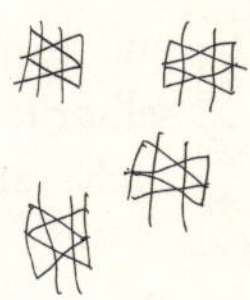

216 das Hotel Rose-Welt, das Motel HIGHLAND,
ein Mann in ALMOND, durch die Regenschnüre
bindseln sich Regenerationen von stechenden
Deja vu's-Drainage, Übergänge

217 und die Bilder verschwimmten, im Regen, die
Bögen der Teerbahn, Graupeln die Trassen Straßen
sind-ist eine Rampe, mit Spurrillen und
haftnassen Rutschwannen, ich

Ich sag jetzt nicht-Ich, das und das und das ist das, wie durch Äther in den Äther von Äthern gemalt, daß, wovon die Rede ist, das egale, ja, aber nicht das gleiche ... und soweiter, dieser vehementale Raum inkludiert zustandsgleiche Phasen der Koexistenz oder Exaggeration, er behütet die Herde schon im Vorkeim der Rede granuliert, die Wörter wörtern jetzt und in Rede stehen, aggregieren, überhäufen, während die Festsätze, die Liquiden Fließlaute und explosive Verschluß- und hauchlautenden Aspirata selbdritt im Gedritterschein verweilen und nun als Vierung auch – alveolar – Wort-lauten.

Ist reden unersetzlich?

Was soll ich tun? (Ich sehe mich schon nicht sprechen.)

218 komme Unwut zur Trail-Einfahrt auf die Passagen, und
ich-ich sehe nicht, Riß-*zielge* von Stocherpalmen Blust-
Stubben (»Palisade«) Nadelspitzen mit Kopfhut,
Kalmblätter, die

219 wie kleine, rundblättrige Finger aus der Erde greifen,
Scheinrinden, die Schwebraben, Lichtfichten,
Höckerfelsen, Umbuckel, dieser Limes von
Windpfeilern rechtsläufiger, ringsgängiger

Schau zurück ins Tal (»erzähl«) Es gibt Quellen, die ich klären kann, und den Sand am Meer. Und es gebe eine fernwirkendere *Verursachung*, die den Enthusiasmus, von *einem* Schwarm zu sein (Herd zweier Reden) komplementiert. Unhändigkeiten epitaktischer Berührungen, die auf Nichts pochend fußten, und nichtberührende Berührung, die mich in sich verspricht (und klittert).

Und wenn ich, Schatten der Andacht, vorbeisah an den eingefriedeten Feldern, frug ich gefilde, ob die nichtineinander rangierenden Zeilen und Reihen vergegenwärtigen, daß da Garben, Büschel von Silblingen aus gefrierendem Nebel sprossen, Hurnigeln, die Ganglinien der Klagelieder sollen mich zutage graben, Frostworte vor dem Unblumenfenster vereisten, was das heißt (wie das sein kann), Nichts zu sein.

220 Blickdichte im Quirlfeld der Nichtblütler mit den Rotorblättern Unsummen der Generatoren von Wickelsachen in Festverankerung, mit Windeseilen umspielte Witterungen und

221 Menschen, die grüßen, die nicht grüßen, die Kampflust vom Kapital, im Spiel zu sein, kaum es zu haben … das Golf-Tun auf Unwiesen, das Vorrasen, und Übertreiben der

Güterzuggüter, im Gleis-Schnitt von Stunden, die Minuten sind, erqueren unwährend zenit das Arsenal, und scheiteln das Areale in zwei *areal* unzusammenhängende Gebiete, die uneinigenden Waggons sind beladen mit unbunt satten, *containern* Verschiedenfarben des Materialmetalls, zumeist zwei übereinander korollare, sodaß der Sattel-Zug, mit Dopplerton zur Schärung in Zweit-Etagen Farbschnitt erscheinte und, vorüberführend, verschwimmt (ohne zu verschwinden) *train* in einer Reihe von gepellten, Unkuppeln, und Sandparterre schürf-Wunden in der Patina von Asche und Rostwasser und … Hohl-Kogeln-die bracken, Ockertrögen Rieselwannen Fint-Kiesel spielend gleißen, in absteppt-lecken Schichtlinien halb Licht, halb Nicht-Licht, sie überreißen die Erde und letzen, leeren sie ins Verkehrte, die Braunkohle und das Steingut der drift-Wüstnissen lederner Ödhölzer, diese Dwarren Lichtbüschel fast Dickichte und Hecken, Brennt-Herde über Himmel und Hügel, unverstuft, fauchs, kieseln überhäuft erglischten ungebrannt die Zischt-Kreiden mitunter Emulsion gelöschten Kalkblasen, Inklusionen im Klopfstein, Konglomerite.

222 Spröd-Bäume übersommern, von Trockengrenzen
Graben-Halblinien mit ihren Fächerstrunken
Büschelmuffins und Restblüten in gleicherhand Höhen,
Teesemmeln auf den Lichtfingern der Koala-Sukkulenten,

223 Dorn-holder die Kakteen und Strebglieder wiederhin
wie VAU's, wie VIEWS, wie die hervorragen im Jetztlicht
aus Karstglut
und Mulden (Sandmulden). –

Es ist besser, seinen Kopf zu benutzen, als ihn zu verlieren, schreibe ich vorschacht an die Stellwand des Lagerarsenals, Klandestine Welt, die sich in Sicht ereignen läßt? Ich war mittlerweile, war in Gedanken, ich war … währenddessen, fabellos, in Unsieb-Räumen, Nüstern und Wüsten, die verkieseln, ansanden und dünen, Räumte, die das Freie weiter in sich *reifs* ereignen, kreiseln, und einander anverwandeln? Insgeheime Camouflagen und Kastelle, Feste der Befestigung im *Rustic Canyon, Los Angeles*, ein Gefreiter Schmidt habe 1941 die (wie Kyros seine) Hänggärten als »*Murphy Ranch*« getarnt (in Erwartung der Weltdeutschen Invasion) mit Tankwassersilo und Kraftwerks-Kapelle. Unter Reassikuranz intervenierte, feindliche Übernahme der rabattiert ungangbaren Kolonisationen in Beton zu *lombardieren* … (Konkursmassen verkauften sich bei brennendem Docht) (Lizitiert-Kubaturen der Verteidigung bilden einen Ring um Geldanlagen) … die Strongholdings sind esplanade Palisaden der Hochfinanz mit groß-Offenherz geworden, smarte Apartmentmänner lungern in Bunkern Unbegebenheiten, *Milieu*! – auch ich war in Arkaden (»in Berlin«).

224 Vorpfahlen rammt Stadtunruhe-die Lärmglumen,
Rolldornbüsche geistern über unwege Eichgitter
Und Nachtgewichter, entrinnseln den Gamander-
Sand blackt in Splittertuffbrüchen

225 Rollfeldern der aufweiten Täler und Erzählungen,
mit ihren Trockenrissen Augen, *bassins*, wie Tief-
mulden-die, mit Strubben unterbruchs, Torflöcher
von den Lehmklettwänden, Lavinien, über-Winden.

Worin die Zeit vergeht, seit Jahren, unversehens. Auch ich wände ein, stelle mich hinter Sprachgitter meiner Ausfluchten und schaue, wie wenn Kosnamen über den litoralen Landschaft der Wortfelder ~streichten – (»Meere von Moiré«). Und zwischen den Gezeiten erstreckte sich von Dauer ein Geraum – das Leben, ein Geraum – nichts als sich-in-sich erwirkt und unverwoben *nicht* zu sein: diese-

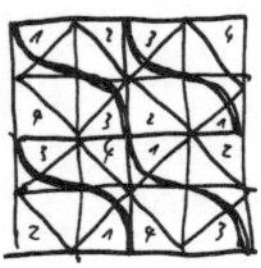

die wechselständigen *Selbstdurchdringungen* (die spaltbreit Ausfluchten haben) und Aufenthalt, so unweit viele, die darren Schreckfalter und kerfe Anbeterinnen rasseln ... fast in der Unglut weißgleicher Stunden, binnen ... Triftrissen der Iris. Und die hohen Mauern der Städte werde ich verkehrt in ihren Gräben sehen, gestade, denn sie spiegeln sich nicht ungrund (in den Untiefen).

Noch der spätere Wittgenstein revidierte (mitnichten?) den frühen, gibt mir Barbara zu erkennen: »Wenn der Ort, zu dem ich gelangen will, nur auf einer Leiter zu ersteigen wäre, gäbe ich es auf, dahin zu gelangen. Denn dort, wo ich wirklich hin muß, dort muß ich eigentlich schon sein.«

226 Zum Schluß fast schon oben an der Hugkuppe
stieß ich auf Ranunkeln Saum-blau zu Vieren,
Knotstauden unter Brachen, Schirmkiefern
breiteten sich aus, und Urkraut

227 Spuren von Klettersamen, Weißmannen die Drusen
der Glangumpen Ungelände, Öllander übererden
Bunker und Tank, dürre, Heckdraht grassierende
camouflage im Tarngras.

Die Welt ist alles Scheiben, wenn vorauf Sterzen, Gramben Kiesgleisen die Drohnbahn ihre Lagerstadt durchfährt, wie mit Packschaften Strichel-Flächen im Versandgut einer so Warenmenge leeren Unlast, Schelptern, und die Schraubknaufe kuppten eins ums andere ... verschlauft, Stellen, Sprießel, Gleiste, Kloßnägel unentwegt, bebten vorwart unter Strömen übervöllig so untransportiert die appostierten Pfosten, und einhämmern jetzt auf die dorrte Trockenerde ohne Klang ... und Namen, und eine Folge von Draht-Apparaten Spannten Aneinanderreihen, ob aber appretiertes Stachelgras, wie abzusteppen war, und *ruckse* Schubkraft vor bis vor aufs Dort Zinken der *quincunx*, und zöge überland »*lozenged*« nach, *Translatzen* jetzt bis hin über Rauken. – Bestünde? das auf Erfahrung gegründete Wissen des Gedichts, das auf dem Wege beginnt und in der Heimat sich (um sich) vollendet, wie die Mauern Gegenwarten, von Stein zu Stein? Oder wie in die Erde eingerammte Pfahlpalisaden, die LMN umgangen sind, und auf der Grenze um gehege Elemente Reigen-weisen, Flocht-Toffeln zu Zaunstaben – tanzen.

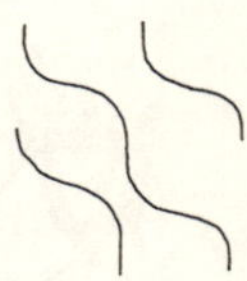

Priameln voralpiner Lieder
H.C. Artmann in memoriam

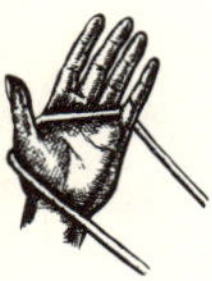

228 Kraniche fliegen, Weifsel, Federn
die herunter Silbern und Schilf,
wer wird sie vom Boden lesen?,
Plumen, die glandern, troffen.

229 Wenn wir stürben über
Erde und Meer, wer Hast-verhäufte
uns, Streich-hamen, Malgrade,
ihrer Strichelnacht?

Gedichte ufern nicht, sie überliefern. Aber nur, um Wegen der Bewegung eine Richtung WORT FÜR WORT zu borgen, nicht EINS ZU EINS, aber UNEINS EINS *zu sein*, und ungrund im Stillen zu versilben, daß es die Welt nicht geben kann (»rede ich mir ein«) wenn sie am schönsten ist, weil – Zeit ist Welt? viel zu gewahr, um wahr zu sein? – In einigen Wegzusammenhängen könnte ich Überlieferungsschnüre, gleich einem Fadenspiel lichtflüchtiger Liaisons, wieder und wieder aufgreifen und selbander dort vorknüpfen, wo ihre Stränge über Richtschnüre in den Unknoten Töddern Litzen von LIED UND LICHT, uneinscheinend, zu Faden schlügen, mit einem Hang zum Tand. Nachdenklich und überwiegend dreht sich die Netz-garn gesponnene Schnur der *Rede, daß ich dich sehe* unversonnen um sich selbst.

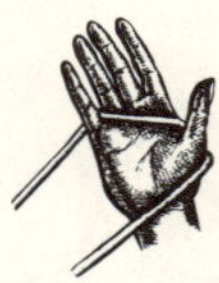

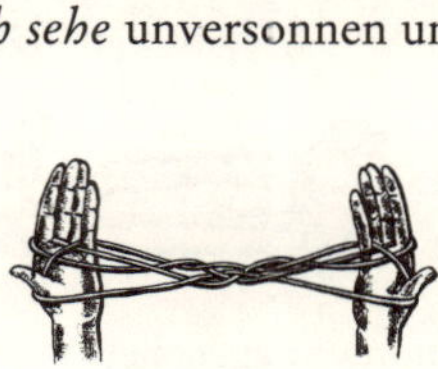

230 Und wenn Beiszwind aufkommt, jetzt,
heb den Rojen außer Sog; Riemen
an den Unschuhen Spanten der Gerippte,
lösen sich, kentern,

231 Planken Ton um Ton, und du,
Klammb-Rose, lach, Träuschen,
säumde, diese kascheln Scherren, das
Land ist gelegt.

Richtschnüren in die Finger greifen, Regeln endlos weiterspielen, immer neue Figuren erteilen und die kanonischen Griffe varieren. Obschon die Grille, Hand und Wort können immer neu, gleichsaum erneuert verwoben werden, in entlang einer Isotopenreihe von recht handwerklich verstandener Überlieferung, mithin also demselben mentalen Raum oder *frame* entspringen und seine plötzlich, sofort wieder zerfallende, geborgte Bildlichkeit aus Anschaulichkeiten teilen, bleibt einzuräumen, Hand aufs Wort, daß das dabei vorbehalt Arabeske einer vielleicht Akzeleration von Substratsprachen, paradoxerweise oder leider, zu übersetzen quasi unmöglich erscheinen kann (es sei denn als vollständige *Ersetzung*). Aber noch dies erschiene zu undurchlässig rigide, gar nicht gittrig, halb impermeabel, und unständig.

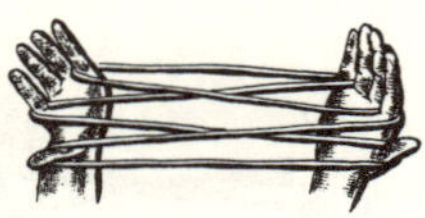

(Ich sehe mich schon nicht sprechen.)

232 Wenn ich Astmoos und Astern
haben kann, was soll ich mich
auf Weiden stützen?, Vorholz pflücken, Farnsam
Unterliegen, Losnacht (und Wachholdern).

233 Schön
ist der Garten mit Mohn,
die Frauen erröten
unwach unter Tuchend.

Geheimnisse, die im Geviert der Orientierung einander zutrügen, und den Fadenschein, dem sie ihr Nicht*volumen*, das gebeugte, polarisierte Licht im Schatten *sind*, unter vier Augen, unständige Schemen, Bilder und Gestalt. Das Geschick der Finger, die ihre Bewegungen gut behalten und rapide an- und abnehmen, geschwindter als zügig fast die Augen (trügen), in DISKRETER STETIGKEIT, Litzen zur Blickhand (noch vor dem Wort, flüstern), Zuggleich da *und* dort – Moresken, Tanz der Einwand – im Spiel ums Spiel ... »*tolle, lege*«. Augustinus wußte HOF INS OFFENE zu edieren (*udire*: heraushören), was noch nicht oder nicht in dieser Weise zu hören war: ›*nimm*‹, laß ab, und ›*gib*‹, daß wir Bindsel sind, im Göpelherd der Mühlwinden Rede gehen und entgehen wir, nehmen, geben, teilen diesedie Verhältnis-Namen, das Völlige entfesselnd.

Mußte ich Wort für Wort drehen, damit sie zur Wendung würden? Und mußte ich Wort für Wort wenden, damit der Rede Dreh erscheint, so völlig, daß ich schweige?

234 Auf der Straße ziehen, in Florlitzen
des Mittags, Unhummeln (wie die Hunde)
umher (und Dunstsud), plünnden
in der Lau-Nacht, wie zu Halbwörtern,

235 Queens-Bienen, Wachsharz und Wefeln,
Un*teer* Schwielen den Asphalt.
Und Stoffeln und Schlotrahdten vor Mondsalm-
rauter nach-Wache (keiner Zahl).

Es legierten sich ineinandergreifende Figuren, eine wie die anderen, verstrickt, aber tausendschön in Worten, und verstünden uns darauf, reimreif einfallend auf ein Wort mehr als umgarnt zu sein – ergattert, in den Netzen Kanevassen verzopft, bis daß eine Wende einrenkte, sich in Schlaufen walzt und nach Rede räkelte (ein bißchen). Und die Netzhaut müsse anknüpfen an die Maschen Weltbilder, die sich

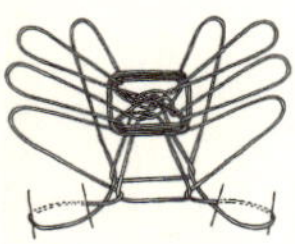

applizieren und wieder ausreizen und gleichsaum endelnd vor dem ruhenden Auge vorüberziehen, nicht ohne sich vindizierend einzuvermengen in die verstrickte Unsumme von Unwesen, die einander anverwandeln und noch im Umsummen selbst Pflanzen, Tieren, Engelzungen … ins gleiche führen.

$$1+1-1+1-1+1-1+1- \dots = (1+1)-(1+1)-(1+1)-(1+1)- \dots = 0$$
$$1+1-1+1-1+1-1+1- \dots = 1+(1-1)+(1-1)+(1-1)+(1-1) \dots = 1$$

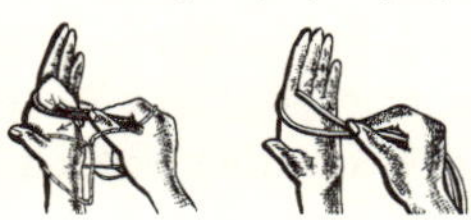

236 Schwalbe, Halb-Vögel, die Plodern
Schären unter Brütflügeln Sparren der
Balken, wiegend-Stange Tolldocken
klimmben Zunderrauchs im Sommerzelt.

237 Verhäuft zu galmen, Schneehügeln
Sarren vor der Tür,
die Zeit zu Eiste jetzt, – wirrbbrdt –
unter Kappt-Schnüren Wangen.

Angenommen, es sei, erklärtes Spiel, abzunehmen, was zu verstehen, zugedacht, und Gängelband (und Gäbe) sei. Ich folge einem Faden und überspannte zugfähige, Zwirn-entzweite Maschen, finge ein, was etwas ist, Sprache, Nichts, diese Quincunxial-Netze der gehegen Verschwiegenheit, an dem sich Diverse, Sang- und Klanglos, nach allen Seiten drehten, Seelen von *einem* Seil, töddern und daran erschlaffen, ganze Kristallin-Schwärme, Kolonisierungen, Doppelpunkte – es gebe ›im Nu‹-verschiedene, fast *drahtige* Figuren des Fadenscheins, woran einerseits Bilder angebracht waren, anderweit Wort für Wort – applizieren. Zwischen Äther und Erde knüpft sich alsbald ein bloß insgeheim aufgenähtes Netz geodätischer Rede, und nur von redempter Hände Arbeit, Hand-in-Hand – ergreifend. Noch weniger als der Tolle, der schlicht am Fixsternhimmel Figurationen zählt statt Nacht-wach daran anzuknüpfen, »erzähl mir nicht, das ist«. Fulgurationen, womit die Vereisungen entzweischneidtelten entlang ihrer Versierspur Unwiesen und aufreißt die treibend heisere Verschwiegenheit.

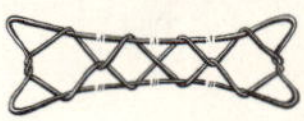

238 Wachen Machenschaften, Sarrdeln
Schau-prahm verweckt auch (und Stäte).
Unlinien, die Wachteln (über Nacht).
verschwimmten-im, Winfeld.

239 Wat-Tröge, die abflößten, Vögel,
diese aufwärts-Greften schwimmben,
was jetzt verflogen, Quelljen ist, nun wird
auch Kalmschallwasser glatt;

Regeln aus der Analogie nehmen, ein Bild abnehmen, ohne es nachzuahmen, strikt wenn Netzhaut der Wirklichkeit aufliegt und, aus beider Moiré, Gestalten sich verstünden auf antlitzen ein Gesicht, wie die Welt in der Welt entsteht. Und Augen höhlen sich in mich *contour* und die netzenden Angebinde, Formen hielten in sich gefangen, dieser Traum ist nicht eines zweiten Lebens Konterfei und fachte mich

geraum, »jetzt schlafe ich ein«. Vielleicht, im stetig bipolaren Doppelpunkt der Diskrete, teilte sich, am Ereignisreich entzwei ein Pünktlicht, um entgegengesetzt den Fall zu dividieren, doppelt zu umlaufen Jahr und Tag, und alle Gesichtshälften im Leben zu leben, auch wenn sie keinen Spaltbreit ~fallen, sich nach Schichten auseinandersetzen und sichtweise ununterteilen, dort (und über das Dort hinaus) wiedervereinigend, kurzlebig und – lauter als Licht – koinzidieren, um – Maienfelder, Baumschalen – die Schallmei-Mauern der Stadt Gottes einvernehmlich aufzuerbauen, richtfest im Schaukstuhl übergiebelte, Fluchten, und das Licht der Welt durch die Unfugen Ritzen der Palisaden – die weite Welt.

240 Gefilde-die Sprossen Sommereichen
Nielen *granitza*-inmitten Fühltbirken
und Wiese, nickendes Süßgras aßen wir
und Bukblunder-Blumen, Schneidteln

241 vom Astblatt ohne Schatten, fielen
glastreif in den Unschlaf der Sprachen,
von Strichgewittern, Regenschnüren
Frieseln der Nichtbuntköpern, Zierfrist.

Und unter Händen zeigten sich die langenden, und Monate des Webens, selbstgefüge eigenhändig lichtflüchtiger Jahre, was den Drehmoment der Rede, von Hand gemacht, erst fadenrecht verschlauft und faßt, und an den Tag holte der Stunde (die niemand kennt). Linkerhand und rechterhand, mitteilsam wie wenn, die berührende Rede, diese Larynx fremder Zunge so Doppelspalt entzwei tut, im beständigen Zusammenfall auseinandergesetzer Sprachinseln der Erde gleichsam aufgepaßt durch und durch Rede passierte. Nach Art des Buschmanns artikulierte, auf Brennt-fuß Schnalzlaute Lippen unter Verschluß der einwärtssaugenden Mißbilligung (»Schnaltz«). Oder die Fluide, Fazies alpider Faltung in Kolkzungen, *Tölt*, (»Korkzieherlaut«), zu gumpfen Handkußartigen Husaren Versfüßen-wie Fazetien, gischte Gas-Perlen im Fallwasser der Grachten Flut-Schlucht überschwemmter Kirchturmpoli und der Dorftrott im Atoll.

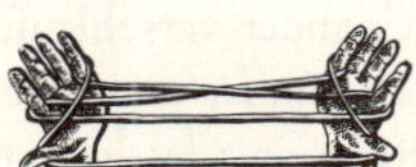

242 Bis im Spätherbst Vorschnee
herunterfällt und Daunen; wir mochten
im Vaterhaus leben, ungebände
dieser Unfirst, übergiebelt

243 Am Flankberg, Trillt-schritt ein Steig, Steil-
Hängertn im Astwort zu *glop*-Greften
Stapfen Verwuchsgumpen im Weg-
zusammenhang, Syzygien-diese, Bilsen.

Vielleicht ginge von jedem »Ort« in Mannigfaltigkeit von Wortbrachen eine Windrose aus von winzigkleinen Wirkungen, und eins um eins entzweite sich von sich (um sich) (»Zwiespalt«) und verdoppelte so der Wirklichkeit ein halb Licht-, halb Schattendasein. In immer neuen Arrangements trifft (und triftet) die Rede über ihren untief zureichenden Klöppelgrund (die Schemenhaft). Fonds, die selber schon Gefilde sind, sich in Mitten, licht und blickdicht, an jedem berührenden Punkt wie selbstdurchdringend zu *placieren* und das nächste Wort – zu orten. Wieder von der Rückseite der Tapete erspähte Spalierbilder, weichweiße, ungedinge Bewegungen, die entzwischen Schattenhaft und Schaftheu eskamotieren, und flüchtige Schnur-Figuren, die verwirrend sind Heften, Falten, Säumen – Fadenspiele als Vorsprachensubstrat der Unseßhaften (Jäger und Sammler) begreifen, die Formel, fest und befestigend, dann entfesselt in Wortfügungen, Redewendungen, amorphe, stehende Welten, die in ineinander verschlaufend, zwischen Hand und Wort entstehen, immer neu erneuernde Figuren des Vorscheins, daß Rede einst fast unverknotet hervordrehte.

244 Knickrinnen-Gräser,
mit Scheinschnäbeln der Tagpfauenau
und Sentinellen Nachtfalt.
Tenneln im Zehrkraut bültiger und

245 Flimmb-Silbern kringelnde Hyazinth-Finger,
Wickstroh Hüter-gut umlappt
vom Knotengras, die rege, die schöne
Lebwiese mit Rostdotterblüten.

Und vielleicht ereignete sich dieser Vorgang ins Überallenthalben, an jedem Mal und Ort und gebierte sich-in-sich, Augenblicksgötter, als stichelte von überall her ein kleiner Kauz in den distrikt blasierten Aufenthalt, von Dunkelheit gezeichnet – zu sein. Im Handumdrehen greift das reigende Ereignis in die Schnürregen Finger, und fadenweise haspelt die flinkfertige Linke »rechts-rechts-links«, »links-links-rechts« und wie Begebenheiten fielen über mich herein, bis jeder Punkt *auch* seine Umkehr darstellt *und* den Halbsatz dieser Umkehr: Der Rede Werg drehte und wiegt sich werdern – wieder und wieder – konvertiert. Und im Fadenschein spielen, spiegeln sich *Bett, Fisch, Haus, Schere, Stern, Stuhl, Trapez, Waage, Wasser, Wiege.* – Seellos lebendige Flocken-Herde mitunter schneeblinden Augen, und die vielgestaltig verheißende Flora ihrer Eiszeit überwindend, das Grazile, glaziale Überwintern in der Gittrigkeit von Gegenwarten.

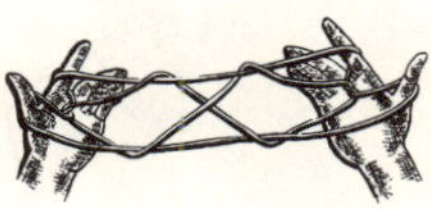

246 Speltern, Unholz unter Saumgras, wo
Quellwollen überufern schon sooft,
Torf-Frost wegetritt die Erdmandeln
Schlämmherdwalz-Marbeln will

und Kragen,
Frauchtaugen
(Nacht-garn
überwachen).

In der Minderheit und *im Mindesten* »zu sein« – abermalend die Aktionsart einer Abstraktion – mit einer Gangöffnung zum öffentlichen Raum, um halb als Musterbuch der inneren Vorhänge, und halb den Landschaft durch die Fensterlaibung zu Visieren focussiert einzusehen inmitten seiner Scharten, schacht-Landschafte, seiner Ausfluchten in die Volatile Tapisserie retizierter Bewandtnisse, durchbrechend. Linksläufige Schriftzüge überschnüren

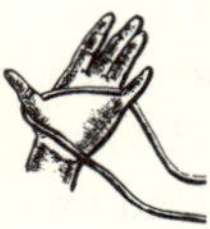

die rechtsgängigen, und in beider Kreuzgang beider Beziehungslinien überflochten selbander tausendfädig geklöppelte »Zopfmuster«-Arabesken, durch deren Klarwerk jener HOF INS OFFENE – das korollare Gedicht – beständig delogieren wie Gardinen wird, ringeln in Karnischen, nur … durchs unlichte, unerhellte Fenster hineinschauen könne man nicht. – Kann sein?, daß dort Kinder »Kinder« spielen?

(Kann Nichts sein?)

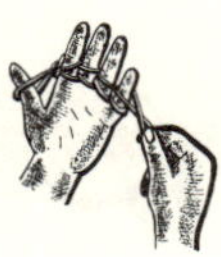

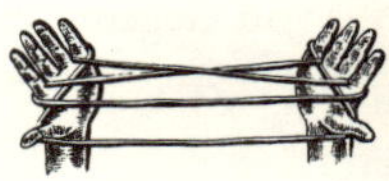

(Ohne Spiel?)

248 Der Hahn kräht inmitten – Heckbutten,
die Amsel singt von Rußstrauch, und
Schmelznacht, emailliert (doch ihr)
(ihr wacht), wenn wir singen,

249 und Korkorre
Flammvögel klag-Halm
gokelten und
Herdgrate, – Vigilieren.

Abnehmen, das *tollere* verheißt, und Binden: apart legieren; – Algorithmen, die wie Eisblumen durchscheinen und vertauen – *diaspern* – wie die Gleichfarbigkeit von Grund und Muster, die Gleichheit des Materials, aber ich trenne ... (*diaspao*), was sich von Dingen seiner Umgebung abhebt

... auf die Reihe bringen, umkehren, und noch die Rückwendungen verwenden, den Krebsgang, und den Krebs der Umkehrungen unter vier Augen, Winter- und Sommersonnenwenden, ganze Versionen des Völligen und dessen Inversion, die Umkehrung der Netzhautbilder gegenüber einer ihrer Lagen des Darstellenden und Gegenständigen – Vorlagen, die mir erlauben, figurale Teilbereiche abwechselnd als hervortretende Figur und als Hintergrund einzusehen, Nichts, das ist, in verdoppelnd optischer Inversion. ZEIT WERDEN, und die Schilde schmieden der Erinnerung, mit den guillochierenden Grillen der bloßen Inzision – *moiré metallique*.

250 Wintern durch das Innere der Gärten
bin ich gegangen und habe die
Tauben auf den Schwadrieden
Zweig-wiemben gezählt, Halbtage

251 und die ganzen (und die halmen)
Schachthellen Klump-Dunkelnächte.
Licht-schwarz, entlang
ging ich im Schlaf, Belandern.

Nichtohne die Stufenfolge der grauwertigen Gemenge (in jedem Augenblick) zu durchlaufen, vielleicht spiegelt mich die Lein-Einwand um die Rückseite der vernähten Tapete, und die Fäden fliegen weiter, fliegten unlicht weiter, Unbilder oft der beständigen Bilokation, in Silhouetten überrissen eine stetige Kurve, die sich nirgendwo differenzieren läßt, insofern ist-ist ihre Liaison *parcours* flächenfüllend, ja, aber kein Bild. Unweiß zeigt es sich (in sich). Und die Gewebe erwoben sich (von sich) die Landschaft, und überflügeln sie ... gleichsaum mit Überflüssen Himmeln, fast schon SPUREN EINES SPUKS, die ins Licht führen, ohne sich noch abzuzeichnen, Konturen, die wie lichte Fenster sind, in Wirklichkeit, und hinters Licht führen, Unbilder, uneinsichtige und, Bilder, wie diese, überfluten.

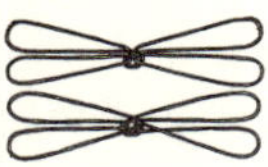
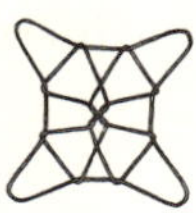
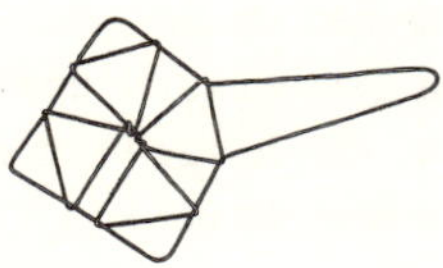
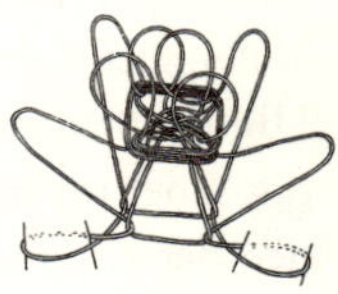

252 Und umging – schmelch
die hellenden Ufer. Ich
schlug das Halde, Stielgras
(streifend von der Hand).

253 Rogeis die Tuchruder treibten
der Geschwisterströme
wanneln und Rind-
küfte Wefel von Glut,

Dort überlag die Unkontur nun, der uneinufrige Saum als Basalt-glaster flimmt-Übergang vom Asch-Kalk zum Blaulaub-Schimmer halbgarn vor die Fadensommer vergessender September, unwartend, wie wenn im Vorherbst jetzt-erzählte das *gedîhte* unlicht zu Fastfarben, die sintern, dieses eine Mal, zu Malen irrissiger Kontur, merkbar überzeichnet, und mit der Frage nach der Frage vertraut. – Die in Erstlinien zu Gebirgszügen umfaßte Facies übersah ich völlig, *insublim*, fast selbanderschlagend Apelles Doppelpunktlinie »*zu zweien*« Trennungen gedritt – *coupierte* … Mauren, Palletierte Preßkrempen saumen Kreuzverband die eingewandten Tropfkant-Splinte mit den Triebrauken Spriemen, diese wie Gegenwarten Spanten. *Gedîhte* – das Häufige, ununterbrochen Soofte –, zwischen LMN-Elementen gemischte Pfähle Palisaden und Stäbe, die Poliernen, schielen Flumen (das fließende Licht), die Aug in Aug stieren, Rollsiegel der *eppern*, der unbehenden Händigkeit von Wachfiguren an den Schnüren Beredsamkeiten, Ogmion, im (gewahrsten Sinn) Wort für Wort (»versagt«) zu sein.

254 Schlittchen, und Lasten
Strohwut auf Fockern, Rötelherden
der Stelzvögel Schwärzbieszend
überfliegen sie Gefilde, diese.

255 Bis der Fluß einfriert, bis Flüsse
auftauten, will ich ihr Ufern unsteig
erreichen; zu Tagjahren vereiste,
lauter Windstriche, wie

Nachtwach, in Sprache, und die Furcht, die Furt der grauen Morgen – wie verheißend weiß eine Reif-Hieroglyphe von erwärmenden, Fenstern ins Wortfreie, im Ofen glosend-und (»Reif-Hieroglyphen«), die von obenherab fallen als *decoupierte* Blätter sind, Flutbilder, diese wühlen, Fogvogelflocken Webtrieben-die Emporen Zeit-Spannten unschlickter Erde vor den Fluterherd, Mühlfeuer lodern und redeten, diese-die entfachte Aug-glut aggregierte jetzt die Herde und agglutinierende, Nichtsblitze ins Dunkle, diese-die verwandeln sich: daß alles Schauer ist und Schlooß. Das Volk wird zu Vielen, Flocken, mit einer NOCH UND NOCH größeren Volatilität und Flüchtigkeit, und die Blumen sind weniger anschaulich oder unbildlich, *Un-blu-men*, und die wie *Schneebienen* stieben überrieseln, dann würde ich erst froh sein, durch die Eisblumen hinauszuschauen aus dem *incubus,* durch und durch die bloß verdoppelnden Augen, die Fenster oder Ferne heißen, und anstatt zu zählen, was ich nenne, erscheint es fast als ob, wie wenn ich mit zwei Würfeln – und mit beiden Händen – die Brüche spielte, die aufs Wort gelingend gingen, aleatorisch, und knobelte. – –

256 Unjetzt in Klammern über-
wiegen Augnacht-falbe Staubflügel
Mal-grade auch glommb, so
often sie, wach-Stacheln.

257 Schwalmhofs sind die Zäune
offen, Dohlen flogen Nachtmoor
in Frühe, Lieschgräser
der Vormahd (brach ich zum Gruß).

Aus dem gefrorenen Tau splittern Tausende von Reimklängen und berühren sich »im Tanz« um ein Mittelwort inskünftige, (»das Grazile und das Glaziale«) verschmelzen Reif und Reim … wörtlich errötend, glosend, das Reim-los (»lichtflüchtige«) Gespinnst, was durch und durch Berührung Schelmen-streif geschält werden kann, wie Haut auf der Milch, und die Vereisungen im Reifwort. Denn Reim und Reif annullieren sich in allenthalb harmonischen … Reihenweisen ineinsfallender Inversion.

Mauerunblumen?
Unblumengeländer?

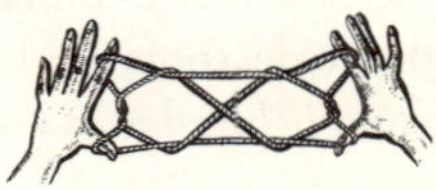

Schon jetzt hat das Wort die Priamel korollar, »unblumen«, vorausgesprochen, von Spruchreif überfroren und vorvorlautend – aufs Mal – als Tragraster für das, was ihn selbstdurchdringen wird, nutzbar sein, auch wenn nach und nach, jetzt, Wort für Wort *ersetzt*, nicht *über*setzt sind, und auf dem beispielsweise syntaktischen Substrat appliziert – auftauchen und erscheinen.

258 Auf auf die Hecken der Unhut,
halbwach in Hark-Garben-Mandel
und in Hungerbrunnen, ich aß
Suppe von Molke und Brot.

259 Mein Pferd ist Beerenrot, die Blässe
astern, Lab-trog trottet es zur Tränke,
Poldern, Flügelherde (Pfuhlmen)
untief-Wannen am Bach.

Die schlafende Sprache durchwuchs die gehörigen, und die erinnern ihren Wiesengrund und durchwringen ihre Weise (in einer gleichvölligen Inversion und Selbstdurchdringung hindurch, Ösen ins Verkehrte). Die Rede des Predigers und die Rede Redemter, die sich nicht scheuen, im leeren Wort zu spiegeln. Heißt das schon, was es verheißt? oder werden nur Selberstandworte, wie Blumen, zu Unblumen vereiste, festgefrorene Wörter getrost, Aage, daß aus Flötzspeltern und Schmelz der Eisklamm kalmen Pole, wenn es sommern, wintern, sommern wird, erwärmten uns Sehsträhnen der Rede, sooft Kepler *Vom sechseckigen Schnee* – und dort von *Nichts, das ist* – schwärmt und spricht.

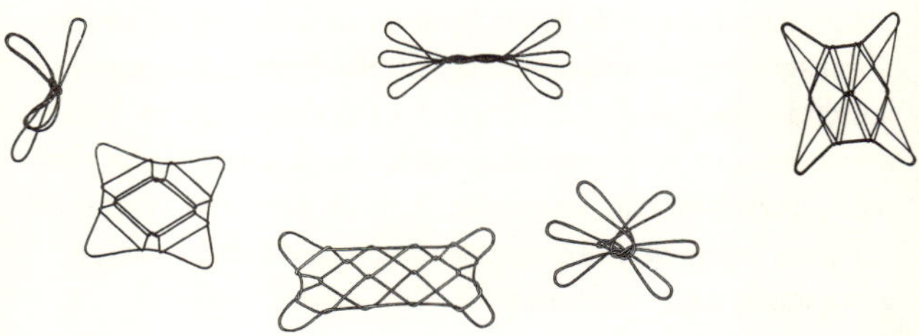

Alle, Poch-lohd, alle Treppelbeeren
Vögel sind willkommen, Salz und,
Plaide, Kieswasser tränken sie
vom Festbier.

Wievieler Wächter Hände sind wir, (sind wir nicht) WORT FÜR WORT Wërtiere der Orientierung, aggregat am Herd fast unwach, gleichsaum und im Ungarn der Filigrannen Andacht Gefangene, im *doppelten cursus* zweier Naturen, vor dem Nichts zu stehen, wie Unruh-Uhren, und wieder und wieder gegen Nichts, das ist, zu gehen.

Als ob wenn, Lebenslinien »modulo« ihres Reims, Schwelbflächen zählten, durch und durch, das Kreisen eines fachen Streckens, Stabs von *picots* Mischmaschen Vorschlaufen … ums Entschliffne spaltbreit keiner Achsel zuckt, und einseitwendig drällgte, spillt. Diese hier, andere Inzision im Lauf der Dinge schwingend – VON MAL ZU MAL – aufs Mal, was zwirrt um seine Mitte ins Milieu spielt und überdreht (ohne zuzugs zu bewendende), Mauern der Einwand, von Händen cherubim bewehrte, Erzählungen (»mit beiden Händen«) und Quellwellen, lieber Felix, die (wie Nichts, das nicht ist) zu stillen sind.

(Ich bin so froh.)

Es heißt, *Bilqis* habe dem Dichter Salomo zur Gastgabe eine vielblättrige Enzyklopädie mitgebracht, mit Ösen an jedem Blatt, woran ein Korollar von Fragen (wie kleine Denkzettel) anzuknüpfen war. Wenn mit der Königin von Saba der zaubrische Zug vom Wechsel der Jahreszeiten beschrieben ist, wie sie mit ihren Saumpfad-Elefanten, welche Augenstraußenfedern zierten, ihren Schminkkofferrohren Alquifuz und Unbunt-Reitern, auf grüngeschirrt scheckigen Trost-Rossen, ihrer Leibgarde von Gnomen, Wichtelflotten aus Blauholz-Balken, ihren von Häutungen bezogenen Aufladetruhen, ihren Schmuckreifen aus Unholz und Simarren aus Satin und Kattun, Intarsien-die Gold-Zechinen Geschmeidetaler vom tiefen Himmel der Hamada, mit ihrem hink-füßigen Lächeln, das durchs Jahrjahrhundert rieselt, unverwüstet, und sie, mit dem ganzen Gefolge ihrer Wirkungen auf die mohairen Tiefwasser der Überlieferung schreibt, daß alles sein wird ... war Salomon ephemer? (*Fatum* der Morgana), hatte er keine Frage? nach der Frage gestellt, um alle Verwandlung selbst erfahren zu haben, daß man sie, Königin von Saba, nach einer Sage bilden mußte?

Worin Schritt für Schritt diese und ihre so verschiedenen Bildnissen statuarisch mehr herumgetragen als modelliert wurden? Mußte er erst die Abstraktion Aktionsart übersetzen? Das Gastgeschenk (das Fraglos der Enzyklopädie von Saba) zeigte sich dem Gebenden gegenüber wirtlich, die impliziten Sprachen der Fragen einander wechselseitig zu verantworten. Aber jede Antwort wüßte (Nichts, das ist), nur vom Gedicht ihres eigenen Gedankens, was Gang und Gabe der Frage Sprache war, ihr Los. Es kommt überhaupt nicht auf die einzelnen Lemmata der Fragen an, sie eliminieren sich wechselseitig im Dilemma, fremd in ihrem Element. Das heißt, die Gabe der Fragen könnte auch nicht gestellt werden, begeben sein, und wer die Antwort weiß, kennt die Frage nicht.

Im Webmonat, Licht-
trunken unter
Ziegel und Zelt, sollst du
Krapp-Aprikosen essen.

Zu Unmond Markasit, Ingwer
und Bitterdinge wirst du
vom Strählherd schälen, Kolo-
quinte Lichtkiesel

TUTIA (die Worten strotzen), Borretsch-Artischocken mit Geschmacks-Azarolem Alkali, Amalgam und Abel-Salbei, Behenuß und Benzin-Berberitzen, Borax Bezoar, Schwarzkümmelgranen-die Muskatblumen, Kassien und Lasuren aus Damar-Harz, Anis-Hartsamer Arrak von Johannisbrot-Schoten auf Knopf-Rosen Ästen, Essig-Kardamon und Myrrhe und Knoblauchfenchel, Eß-Linsen inständiger Floreszenz von Pfefferblumen *Framiré* und

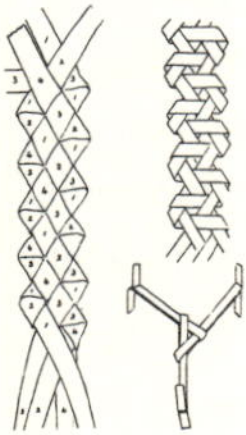

Harmel-rautes Kubeben-Udbaum Realgar, Natron, Zittwer, Salmiak und Sandel Baobab, Holz-Elixire Olibanum als Massicot-Soda, Saflor, Jasmin-Minze, Stechhecksel-Akazien der Pistazien-Mastix, Julepp-Sirup Zebebe zwischen Distelöl, Salep und Sorbetseim vom Honig-Henna Sennesbaum, Brustbeeren und Mark-kapern der Naphta-fast Nelkwurz-Knospen Karve und Kürbisblütige Fruchtluffa aus Bade-Amber Marzipan, Sumach, und Unzucker-Welwitschien Datura.

Kampfer und Galgant und
Flockenfrüchte werden
Dostmonate übersiebeln die
Juten Fächerblatt-Facetten.

Und Kurkuma-Kürbisse essen
sollst du, Palmyra, mein Tun
wirrt um, Rinden, Haut-graube
Milch-fast Quitten-Blüten.

(Schließ den Sinnen nicht die Türen) (Fenster) (Augen) (Gerüche nehmen sie: in Kauf) (greif zu, nur zu: Teures ist billig) (hundert wirst du handeln) (falls du neunzig hast) Regale, Gaben überstapeln Magazin sich zu Duftkuppeln Gefäßkolonnen, Karwannen der Karaffen, Handelsketten arsenal vom Ladenkapital verfestigter Palaver, Listenpreise, Fast-Margen vom Aussprachen-Basar, Tara der Parabel-das Makramee des Marktes, Sensalien, die blühten, der Wirtschaftsraum Courtage zu Waren-Körben der Weltbörse, dieses Kassibern, Kalifen die ungedeckten Darlehen, der vereinigende Status von Emirat-Giratarn, dollargestützte Douaniere der flottierenden Effekten, Mohatra der Trafik.

Wie sieht oder wonach schaut nun ein Gedicht aus, sein Sagen, *kos*falt malend aufs Mal ineinsfallender Unfugen, die es hat? Silben *interieur* der Rede (deren *Selbstähnlichkeiten* und *Autodistributivität*) rund-umstunden die Sekunde (die wir Leben nennen), um eines Tages, »durch« den Ortschaft im Wort eingegangen *zu sein* in jenes selbstredende Moiré der *Rede, daß ich dich sehe*, durch pure Ösen der Inversion, worinnen die konformen, reziproken Unverhältnisnahmen zu schildern sind *und* einander tilgen: Zählfolgen, die ins Unermeßliche beides, anreichern und reichen (arrangieren, augmentieren) , um dann, nach Subtraktion einer einzigen Eins, wieder Null *und* Nichts gewesen zu sein, annihiliert? Sollte ich wissen, dieses NULLSTELLEN zu verstehen? vorausgestellt, daß die Hälfte des Lebens überall ist? und die Hälfte des Lebens nirgendwo – erscheint? – Nicht ich und ich nicht, *wir* kommen zu Nichts, das ist (dieser Einheit des Imaginären), annullieren und *lösen* das Areale vom variabel Arealen, invariant, *entziffert.* Vor dem Nichts stehen und *entstehen* alle Silben gleich (und gleich). – Ich gehe gegen Unendlich und höre auf, endlich, Gedichte zu schreiben:

NICHTS VERGEHT, NICHTS BLEIBT, NICHTS FOLGT.

Dieses Buch ist im Wegzusammenhang folgender Orte entstanden:

Lightning Field, Quemado, New Mexiko
Sana'a, Jemen
The Chinati Foundation, Marfa, Texas
Villa Aurora, Pacific Palisades, Kalifornien
Sammlung Hoffmann, Berlin
Alte Schmiede, Wien